「不解釋」？

不解釋。

掰掰啾啾

推薦序

（依姓氏筆畫排序）

三品夫人

畫中話，感恩。

喇迪賽插畫家
Duncan

解釋什麼解釋！掰啾都不掰啾了！

前衛插畫家
子宮頸 yen

我一定要掰彎你 啾一下❤

媳婦界燈塔
宅女小紅

我很不開心有人比我更大量使用雙關語，掰啾有沒有種出來跟我ＰＫ啊！（尖刀在指間穿梭）

掰啾的地下情人
來貘

我們的愛不需解釋。

譯色畫家
黃色書刊

他的情感、他的幽默、他的瘋狂、他的一切盡在不言中，所以他，不解釋。

安迪，文件印好了嗎？快開會了。
可能還要滿久的。
怎樣 !? 要先幫你印嗎？
用手嗎？？

好啦！印完就直接進來吧！
進去哪？

序

親愛的孩子：容我這麼稱呼你們，我是掰掰啾啾。

這本《不解釋》，讓我準備了將近五年之久，
原因無他，只是自己很容易虎頭蛇尾，每每定下主題、走了一半，
卻越來越覺得沒有趣味，深怕多數人看不懂我的內容。
知道自己屬於非主流的創作者，也不太勇敢的經營了很長一段時間，
直到「不解釋」這三個字深深地觸動了我，也才真正清楚自己的創作理念。

這本書並沒有目錄、毫無排序與章法，想述說的就是我心中的那個世界，
裡頭發生的所有事情也不需要向任何人交代，
只希望你能秉持著輕鬆的心情來觀賞本書。

目的並不是讓你大笑，
而是希望你會就此愛上我。

掰掰，啾一個。

掰掰啾啾？

原意其實是在形容一個情境：

某個夜晚，女孩冒著被父母親打斷手腳的風險陪男孩外出兜風，直到過了門禁時間才回家，男孩與女孩揣著不安的心在巷口分別，不曉得眼前還有多少的難關，此時，女孩正想往前邁進，卻被一把拉回了男孩的懷抱，落下了無數不捨的吻……

僅以此來代表尊重且用心經營兩性愛情創作的我。

到妳家了！
BYEBYE
等等！
啾一個好嗎？
你討厭!!

當然！之後衍生為：
掰掰（強迫掰開）
啾啾（強迫親吻）
這是毀謗純情的我，
在此提出嚴正的抗議！

以下您要瀏覽的內容可能含有兒童不宜的內容。一般來說，不論是這本書或其他宣傳內容，我們都不會主動審查和背書。如要進一步了解我們的內容政策，請造訪掰掰啾啾《服務條款》。

我了解並想要繼續　　我不要繼續

35篇小劇場
18段故事發展
全都發生在這個城市裡
不解釋（市）

1. B.C Jail
2. 阿吉(AGI)科技股份有限公司
3. 好快樂(Very Happy)社區
4. B.C BANK
5. MONAIKA BEACH
6. 小帽屋 鍋燒意麵坊
7. OIOGY Park
8. 鍋燒意麵紀念碑

阿吉科技
小啾，安迪的同事，一位漂亮的單身女孩，個性兇悍且富有知性美。
而安迪，就這樣靜靜地坐在後方，不輕易顯露自己的愛慕。
還記得，兩人認識的那天，
外頭雨下得很大……
啊啊啊啊啊!!!
啊啊啊啊啊!!!
拍推
媽的外面雨也太大了吧！
碰！！
!!

煩耶！全身都濕了啦，
早知道就請假不要來了。
全身都濕了……
不！漫畫才剛開始
我就在亂想什麼……
這本書可是被設定為闔家觀賞的
對了！
好像有條毛巾。

妳要毛巾嗎？
不用了，我自己有，你那條看起來有點噁心。
幹~
現在的女生講話都這麼難聽嗎？
安迪。

還在忙嗎？
怎麼了，老闆？
對啊，好多事情做不完
我不是叫你Call蘇珊來開會，怎麼現在都還沒看到人?!
有啊！我一直在Call她啊!!
那人咧?! 你他媽是用電話Call她還是用手Call啊！

未完待續

不解釋小劇場

王八蛋洨叮噹

不解釋小劇場

點頭之交

傑爾，八字眉特徵，是和哥哥安迪最大的外型區別。
從小就運氣很差，但慶幸的是從沒有危及到生命……
B.C. Jail
正因為這樣的壞運氣，傑爾到處求求神拜佛，只希望能幸運一點點就好。
這天，是傑爾第三次出獄
終於又回到自由生活了！
果然外頭的空氣就是不一樣，
想起上次被栽贓偷竊真的是很衰，明明
就不是……
迎面而來

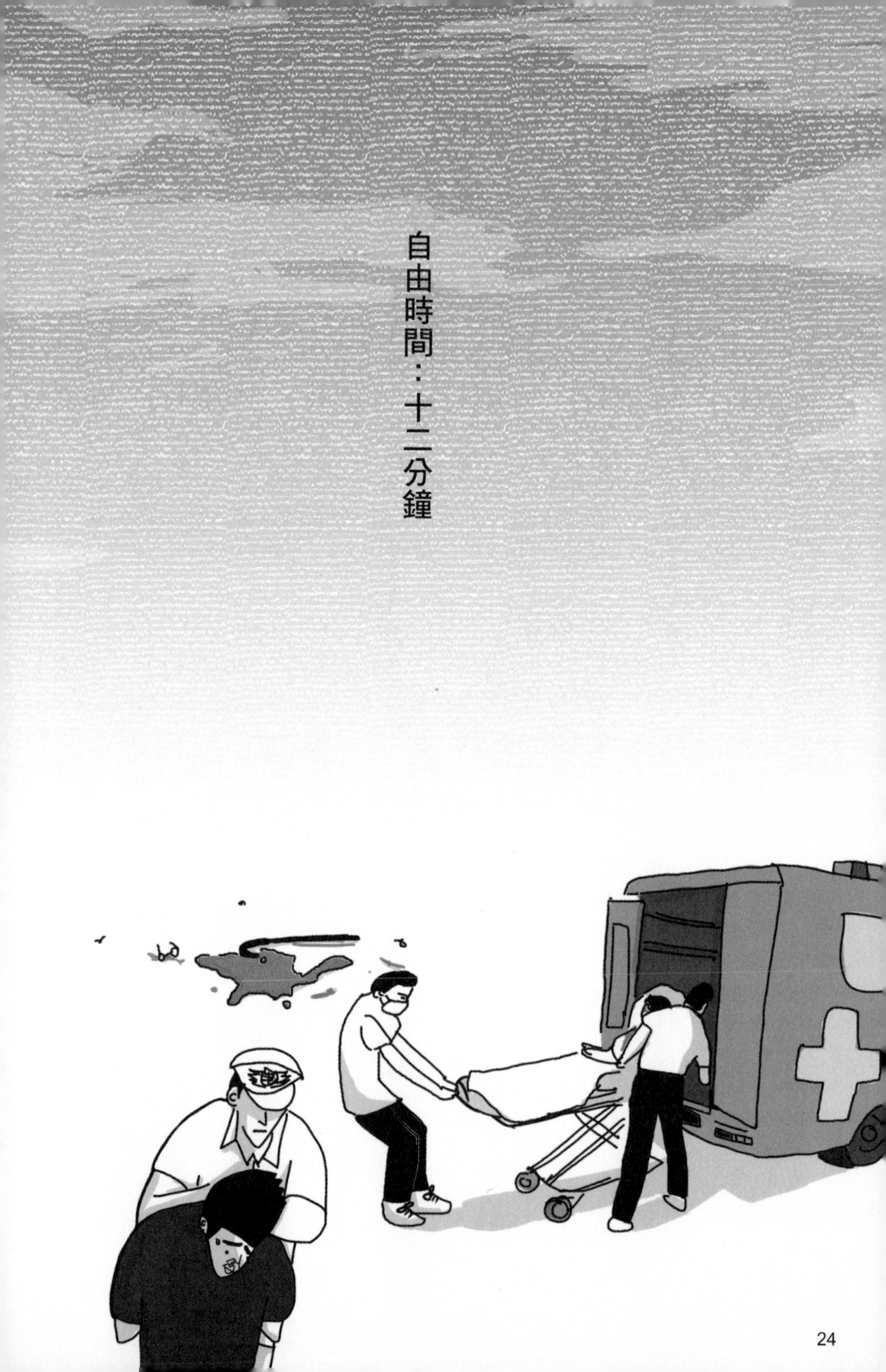
自由時間：十二分鐘

不解釋小劇場

擦身

偶像劇經典之一

被迫分離的情侶，即使在未來有機會相見，
卻也總會因各種不同的理由擦身而過。

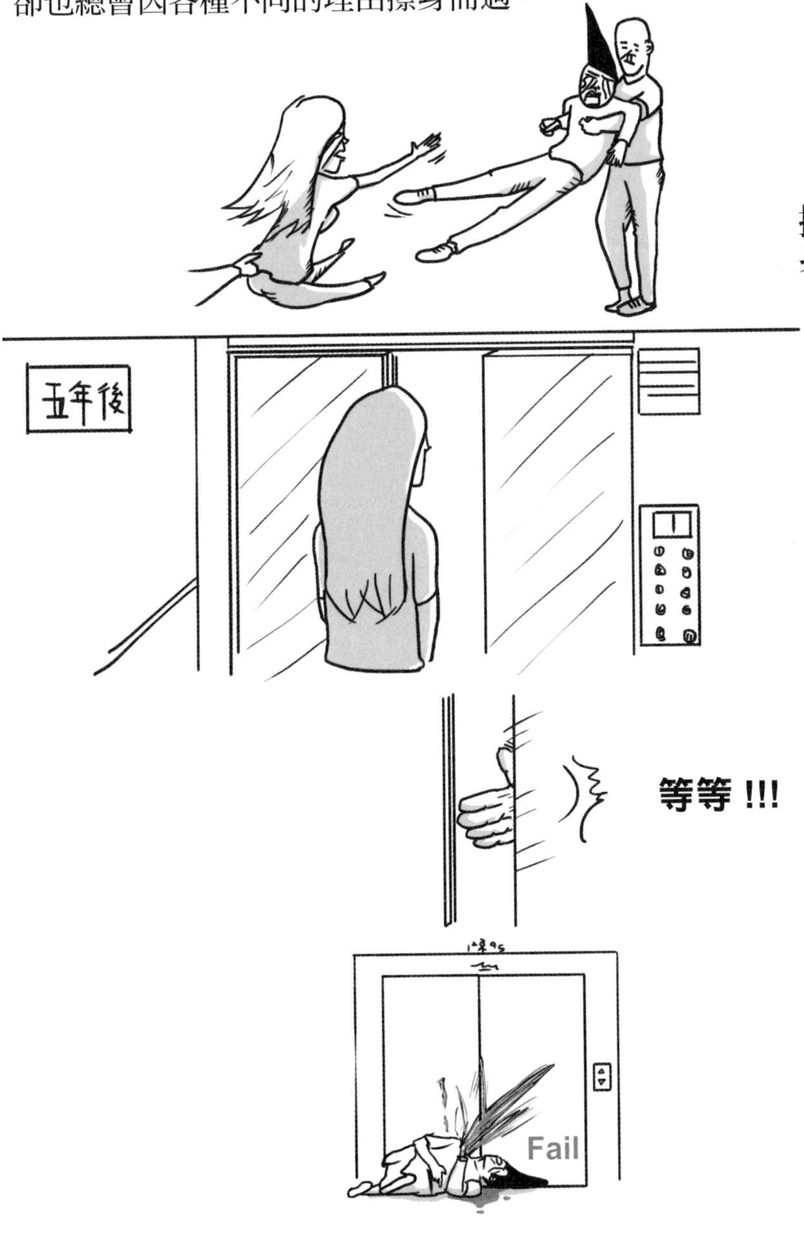

不解釋小劇場

小美人魚和皮尼斯先生的冒險

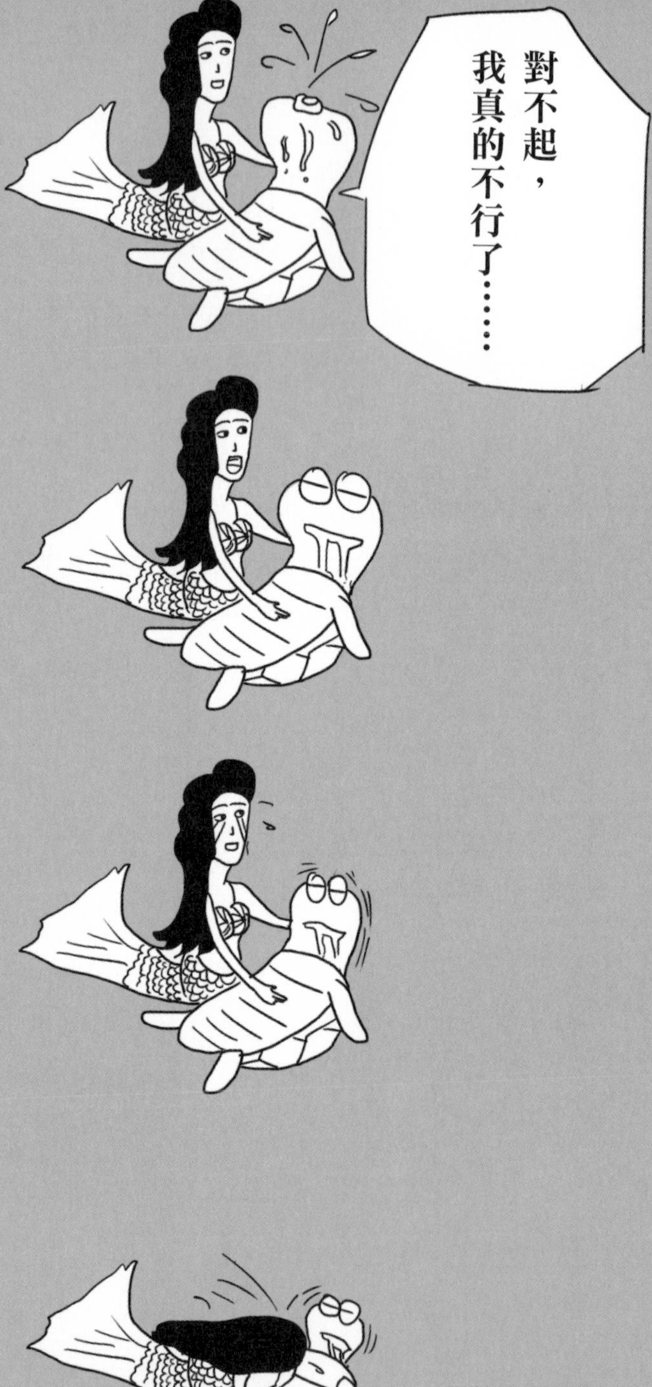

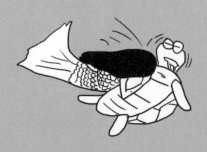

AGI
糟糕！我的文件~
一頭側分的飄逸長髮，是她的標記。
隱形眼鏡在哪裡?!
趴在地上的時間比站著多32.6%。
史蒂，阿吉科技行政助理，剛新婚兩週，老公是知名神經內科醫師。
老闆！
蒂，把布雷克先生要的文件拿給我，
我在辦公室。

文件文件
布雷克先生的文件……
碰！！
沒事吧？
安迪！對不起！對不起！

哎呀！真的對不起！
妳不要先起來，這樣我沒辦法呼吸。
對不起！我不是故意的～
呼～～～！
我們處於一種古代行刑用的六九鎖狀態，可能不是那麼輕易就能解開
我怕一個不小心，就會有人失去性命！
那該怎麼辦？我急著拿文件給老闆！

妳先別急，照我說的話做！
好!!

聽我的指令移動！
左腳來
很好，就是這樣，一步一步來……
右腳
（緩慢前進）

AGI TECH.
加油！我們快成功了！
現在呢？
沒關係，妳把文件拿給老闆，我可以閉氣五秒！
老闆，你的文件~
一…二…三…四…

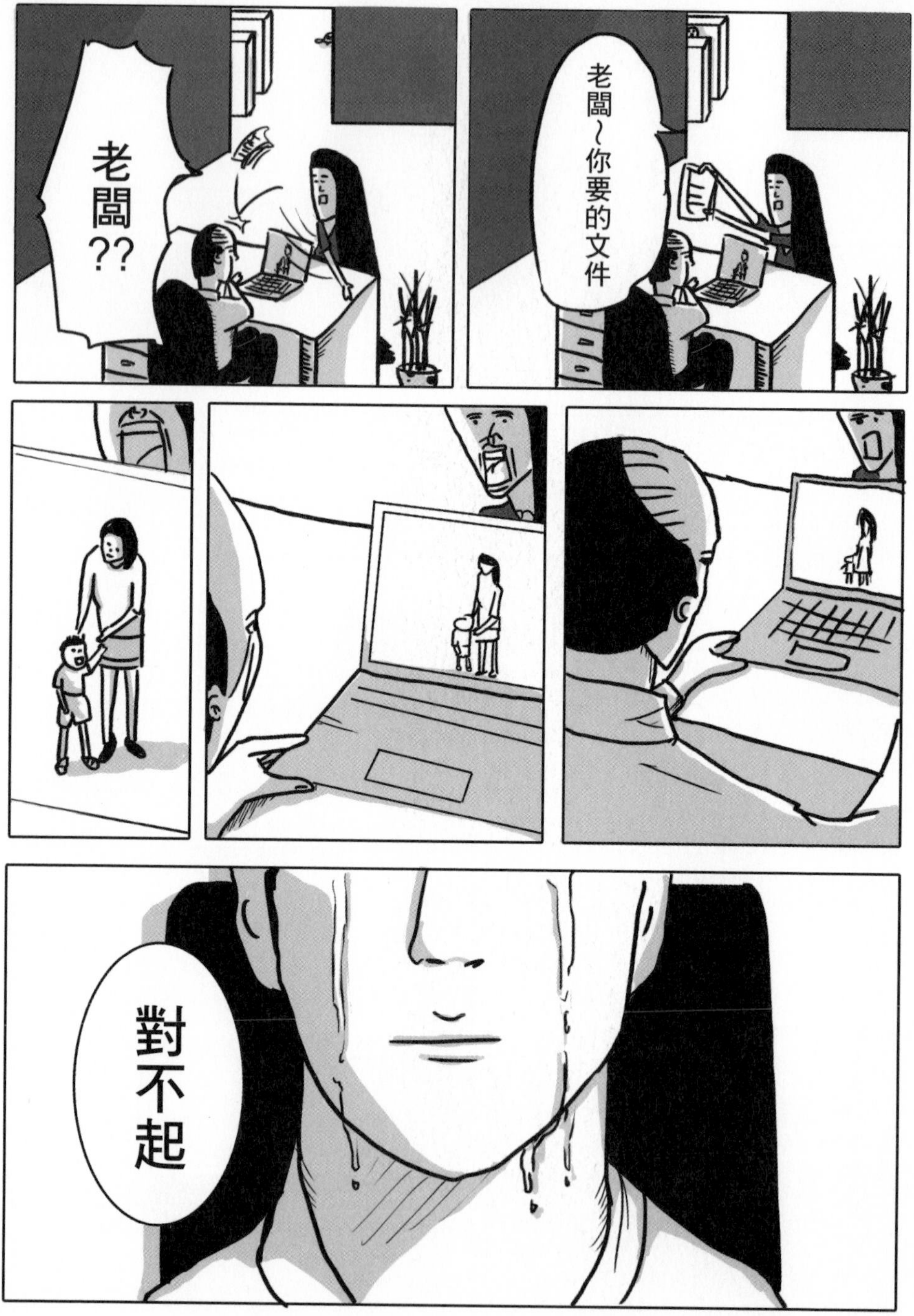
老闆~你要的文件
老闆??
對不起

年初
姊，我們回來了！
妳們來啦！妳姊姊才剛出去買菜而已~
喔喔！好久沒看到弟弟了
還不快叫叔叔！
沙咪叔叔！我是你媽媽的姐姐的老公捏！要叫舅舅！
隨便叫就好了啦！小孩子哪懂這麼多啊！
八~~~~~巴
（童言童語）
對不起，再給爸爸一點時間……
我跟妳姊的事情處理好了，就會帶你們走……

我已經找到妳姊姊外遇的證據了，只要再過一段時間，我們就可以一家團圓了。
請相信我
老闆？
我沒事
聽說把頭抬起來，眼淚也就滴不下來了，再難的風雨都可以平息
不過——
到底蘇珊是要不要來開會啊！
都快下班了，他媽的安迪咧？
安迪！

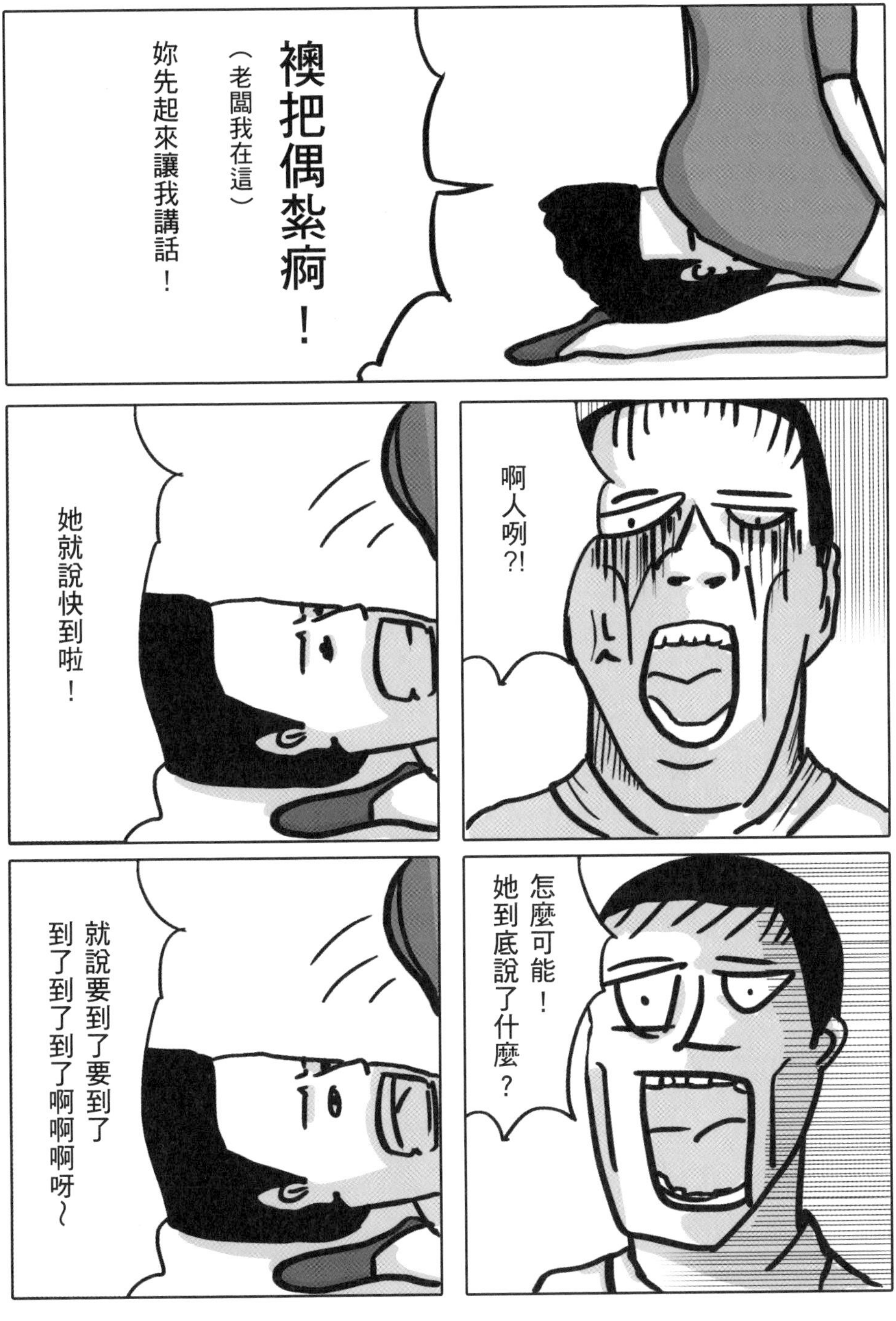
襖把偶紮痾！
（老闆我在這）
妳先起來讓我講話！
啊人咧?!
她就說快到啦！
怎麼可能！
她到底說了什麼？
就說要到了要到了
到了到了到了啊啊啊呀～

未完待續

不解釋小劇場

你多大，我多讚

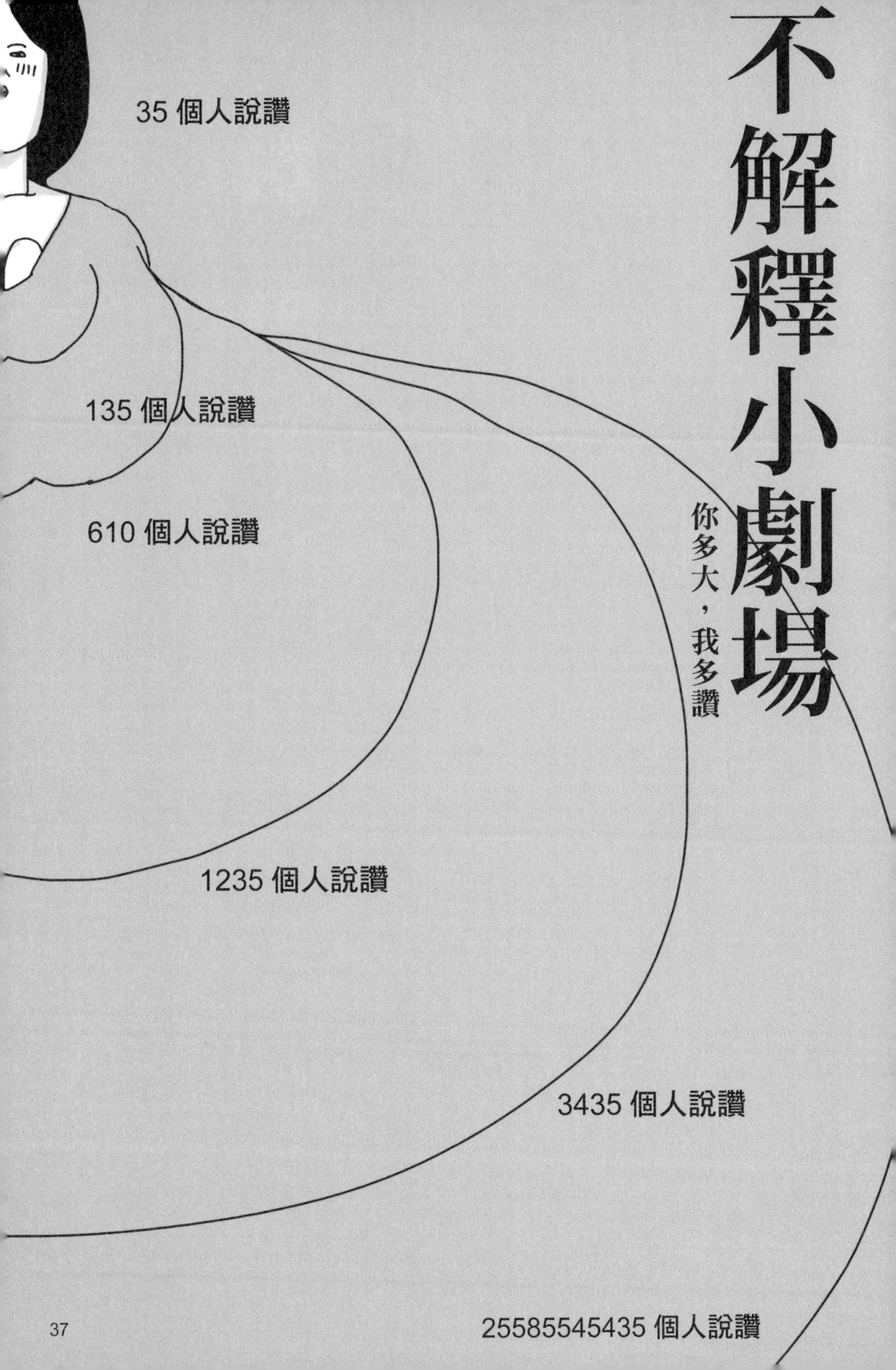
35 個人說讚
135 個人說讚
610 個人說讚
1235 個人說讚
3435 個人說讚
25585545435 個人說讚

不解釋小劇場

你多深，我多讚

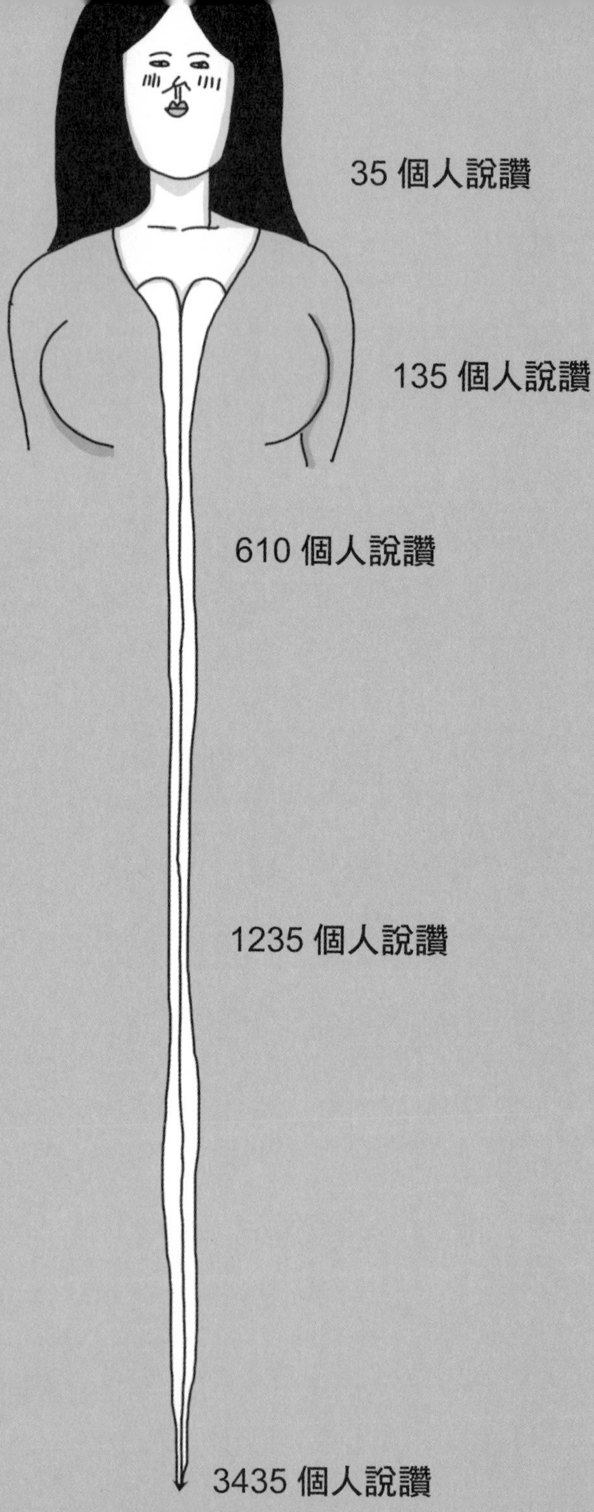

35 個人說讚
135 個人說讚
610 個人說讚
1235 個人說讚
3435 個人說讚

傑爾第四次出獄
BUS
唉～這次一定要小心
急轉
自由時間：
二十七分鐘

不解釋小劇場

經驗

從女孩的走路姿勢來判斷性行為次數的理論，
到底是哪個智障想出來的……

笑傲江湖

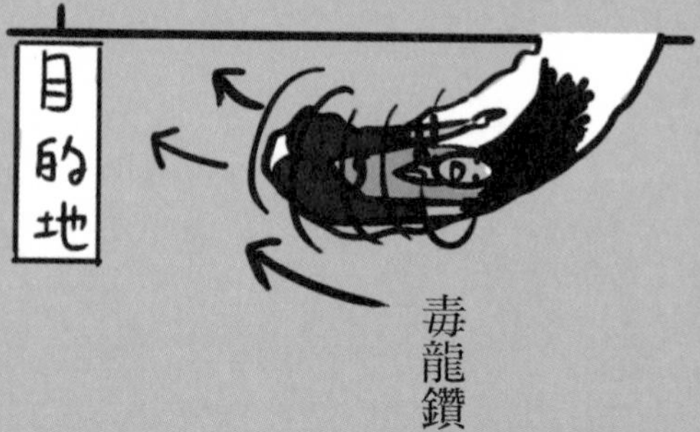

我堅決反對這個言論。

好快樂社區
施先生，我看到你老婆跟那個男人準備進門了。
那你還不快點跟進！這個證據對我來說可是非常有利的！
不行啊，施先生，我沒有權力這樣做。
直接說吧，要多少？
一句話，兩億……

要兩億我打給你還比較快咧！
……我要掛了。
對不起。
兩億有包含二代健保扣稅的費用嗎？
這個看你誠意。
幣值呢？
最近美金不是很穩定，尤其受到歐洲一些政策干擾，可能人民幣會比較恰當。我不是要說教，但你們這些年輕人對金錢的觀念實在不好，難怪只能領22K，當然，我不是那種老闆，出於一個過來人的經驗才會跟你講這麼多……

掛斷

兩小時後
腦婆
我回來了
腦公！
你怎麼在這個時間回來?!
妳那麼緊張
幹嘛？
啊!!
難道妳有做什麼
虧心事嗎？
那個紅紅的是什麼？
吻痕嗎？
你是在懷疑
我討客兄嗎？
夏天蚊子那麼多，
怪我一個人囉？
嗡～
把妹戰鬥服
信任很難嗎？
以前那個愛我疼我的你
去哪裡了？
嗡～
對不起，是我的錯，
我是個心胸狹窄的男人，
才會讓妳這麼委屈。

那我先走了嗡！門也順便幫你們帶上嗡？才不會有其他蚊子飛進來嗡～
23房
謝謝你
喀！
唉……媽的嗡

好累，好辛苦。
這不是我想要的愛情嗡。
未完待續

不解釋小劇場
烏龜烏龜
我先，烏龜烏龜……
翹!!
喂！你不翹要怎麼玩啊？
我有翹啊！

不解釋小劇場

十八

艾德跑去哪裡啊？說去拿網購的動物裝就不見了。
煩死了，這又不是我的工作範圍。
萊爾，安迪的同事，二十八歲單身，公司的產品業務，總是能夠說服客戶，給予最高的信任。
乒啷！
！
搶劫！全都不准動!!

拜託不要殺我！
只要乖乖的，我就不會對你們怎麼樣，
最好給我識相一點！
快！把錢裝到袋子裡！
葛格~救我！
先生，可以讓我說句話嗎？
怎樣?!

你知道露出眼睛，還是能夠被警方識破嗎？
只要經過辨識器比對，馬上就能知道你是誰了！
……
你最好審慎思考，接下來要講的話……
我是個實在的人，也不需要騙你，
你應該有注意到，每當新聞要保護受害者時，都會在眼睛部分打上黑條。
死亡名單

較難辨識
這也說明，眼睛是最容易被人記憶並且辨認的。
如果把眼睛遮住，辨識難度就會提高，被逮捕的危險性也就能降低23.375581584%左右。
那我們現在該怎麼做？
這個問題很好，你得先準備一條黑絲襪。
不可能，我寧願被姦淫也不會把我的絲襪脫下來借你們，我很重隱私的。
指
好吧，既然這位先生不願意也沒關係，就用我隨身攜帶的這條——

等等!!
我怎麼知道你有沒有騙我？
我為什麼要騙你？難道騙你有錢拿嗎？我只是想盡自己最大的努力，讓世界變得更好！
啊!?
好久……沒有人這麼真誠的對我了……
對、對不起……那我接下來該怎麼做？

來，你表現得很好
這樣的偽裝是非常完整的～
即便是被現場逮捕也不容易辨認
大哥加油！
眼睛有點不舒服……
還可以適應嗎？

我看不到，好恐怖！
不要害怕~你聽，大家都在幫你加油~
加油！
加油！
這是您的錢
加油！
加油！
加油！
大哥小心，這裡有個階梯！
B.C BANK
未完待續

不解釋小劇場

無理的要求

不解釋小劇場

ANDY

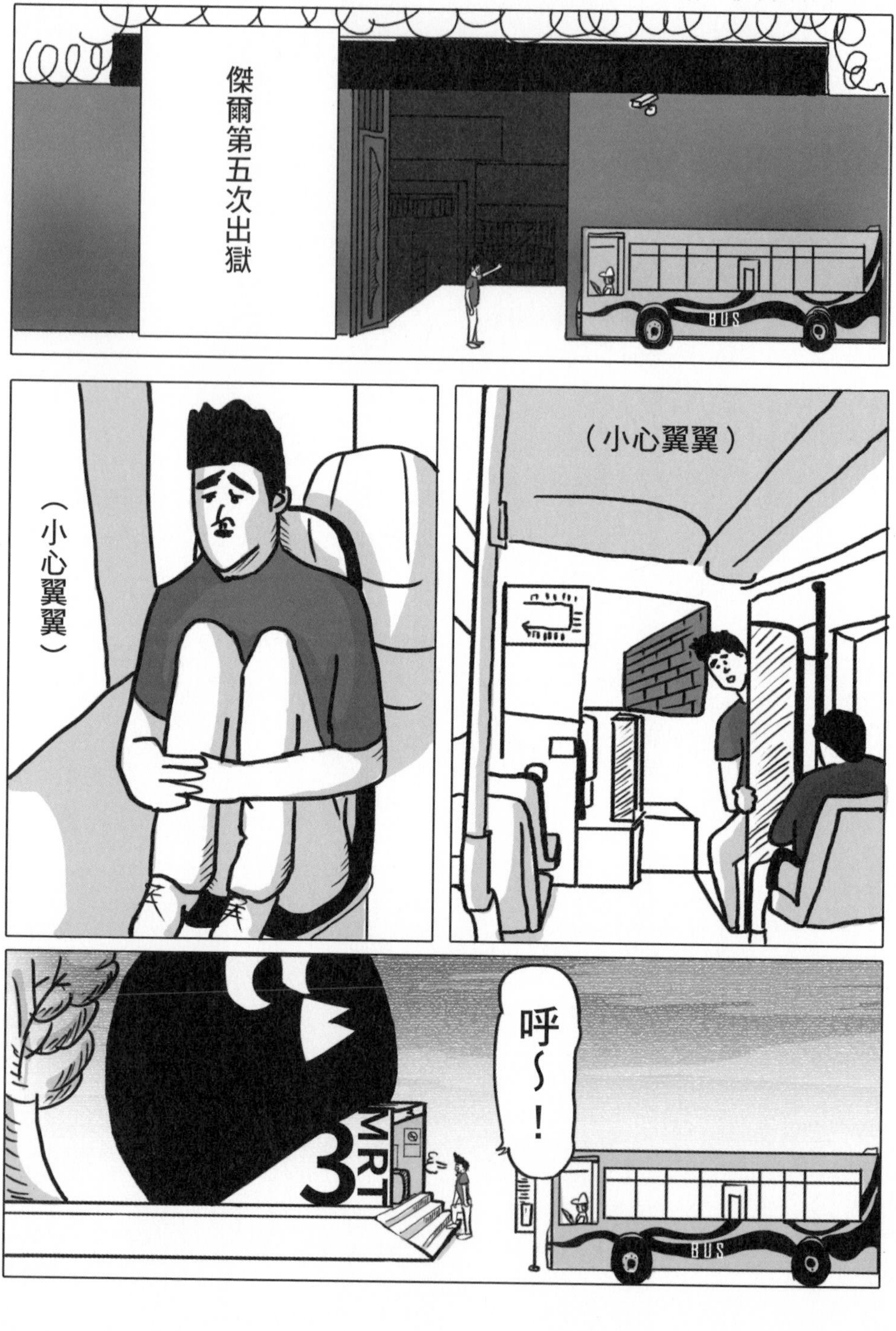
傑爾第五次出獄
BUS
（小心翼翼）
（小心翼翼）
MRT
3
呼～！
BUS

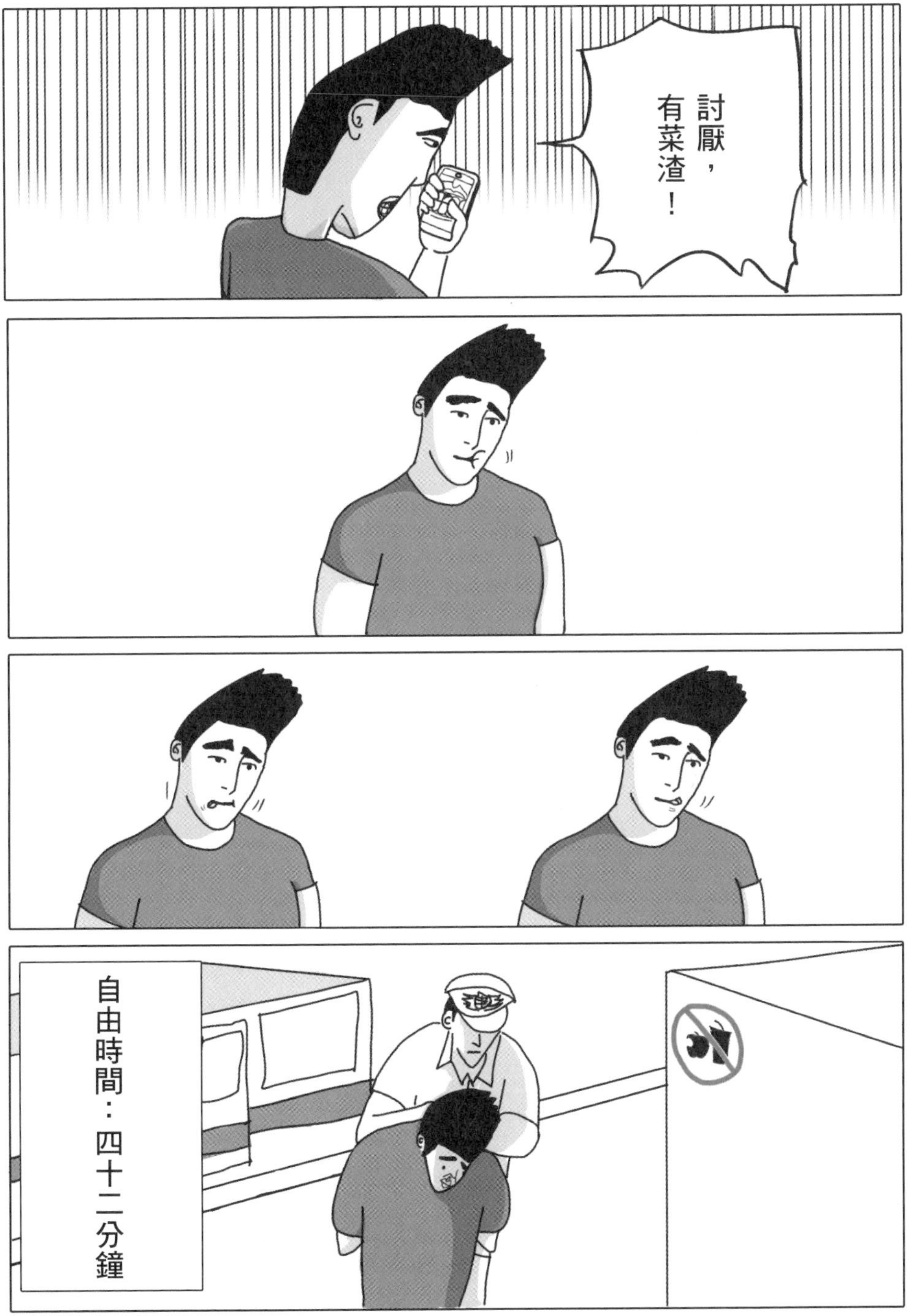
討厭，有菜渣！
自由時間：四十二分鐘

不解釋小劇場

ANDY

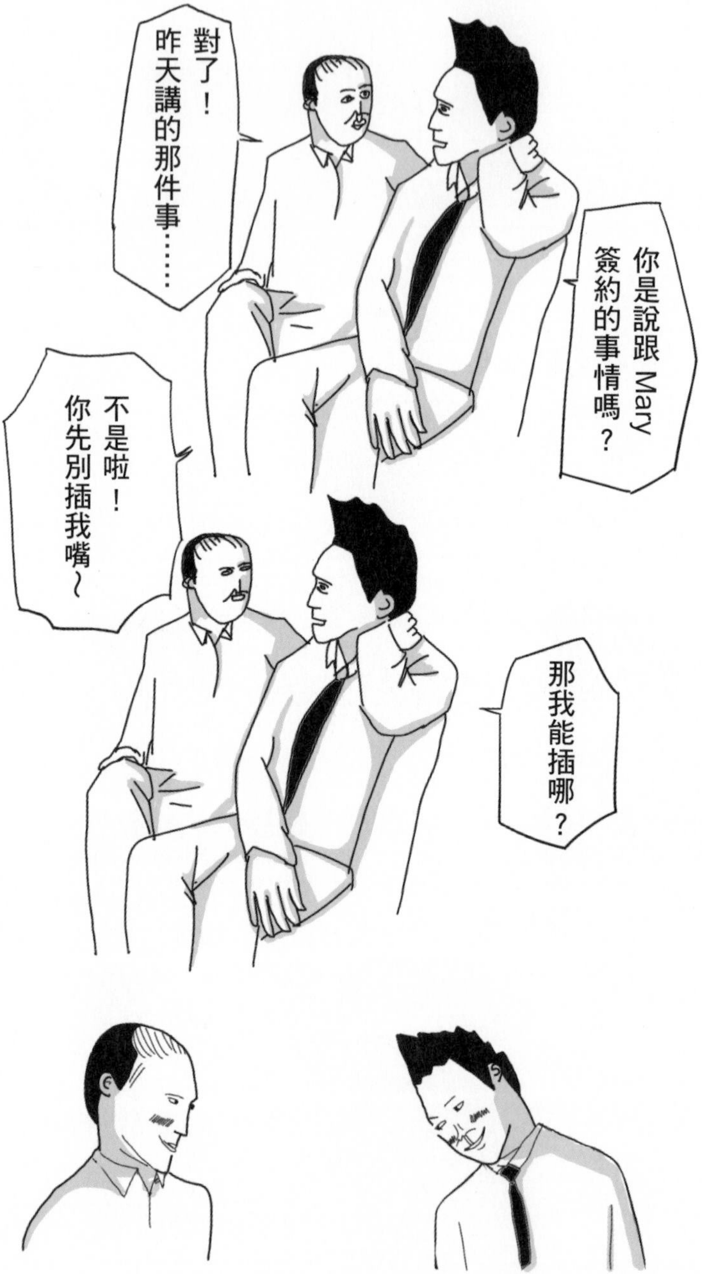

不解釋小劇場

浩克

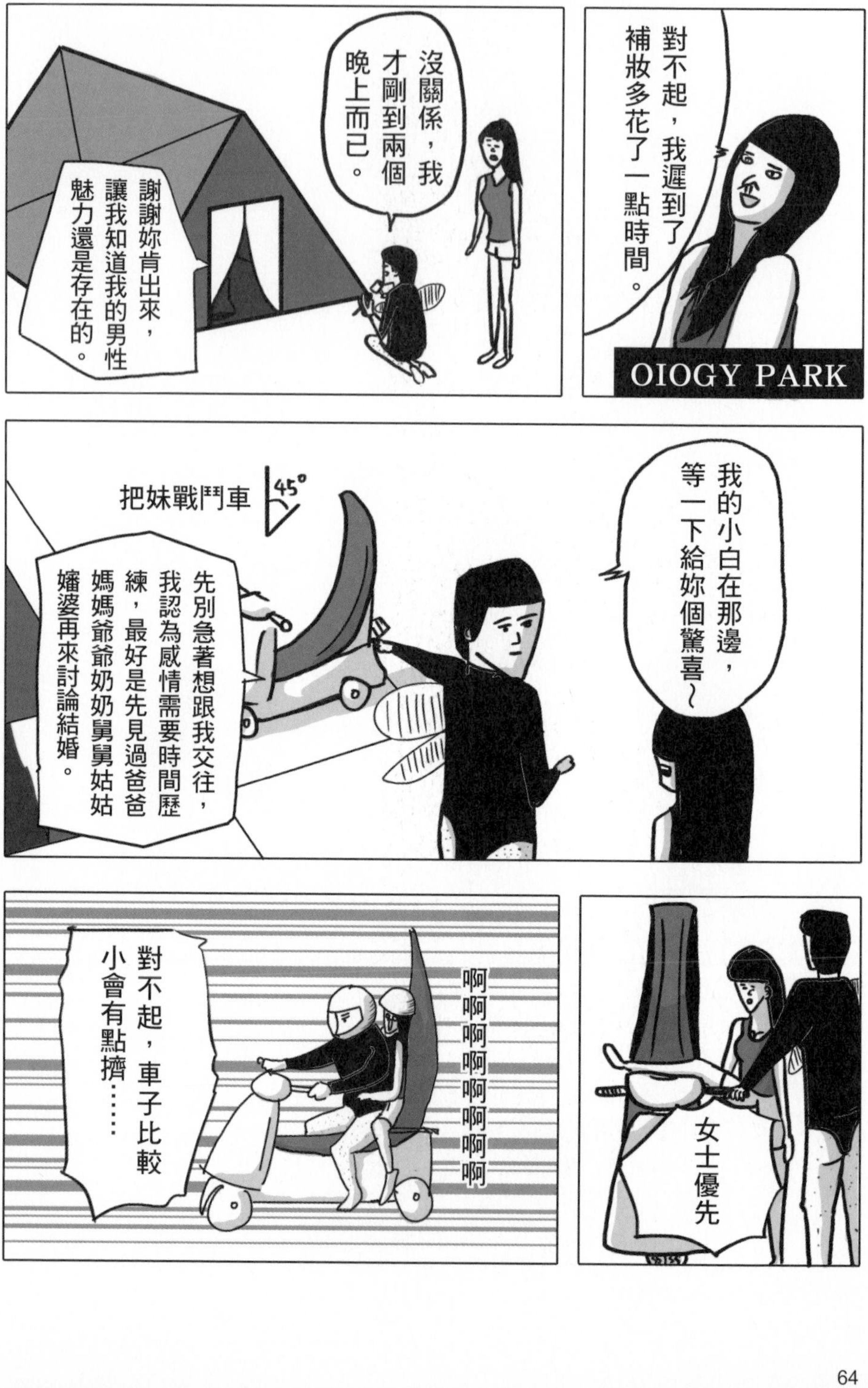
OIOGY PARK
對不起，我遲到了補妝多花了一點時間。
沒關係，我才剛到兩個晚上而已。
謝謝妳肯出來，讓我知道我的男性魅力還是存在的。
我的小白在那邊，等一下給妳個驚喜~
把妹戰鬥車
45°
先別急著想跟我交往，我認為感情需要時間歷練，最好是先見過爸爸媽媽爺爺奶奶舅舅姑姑嬸婆再來討論結婚。
女士優先
對不起，車子比較小會有點擠……
啊啊啊啊啊啊啊啊

OK
很快就到了！
就是這裡
往前面走就會到了。
拐!!

回想起十年前的那一天
冰
你看那個白癡，每次看到他都摔在地上~
哈哈哈
他嘴巴上那是什麼？
是跌倒的時候吃到別人丟在地上的鍋燒意麵啦，有夠丟臉的！
因為實在太好笑，周圍店家甚至賣起了相關美食
跌倒也要吃的美食
鍋燒
建立歷史標記
鍋燒の碑
開發文創商品

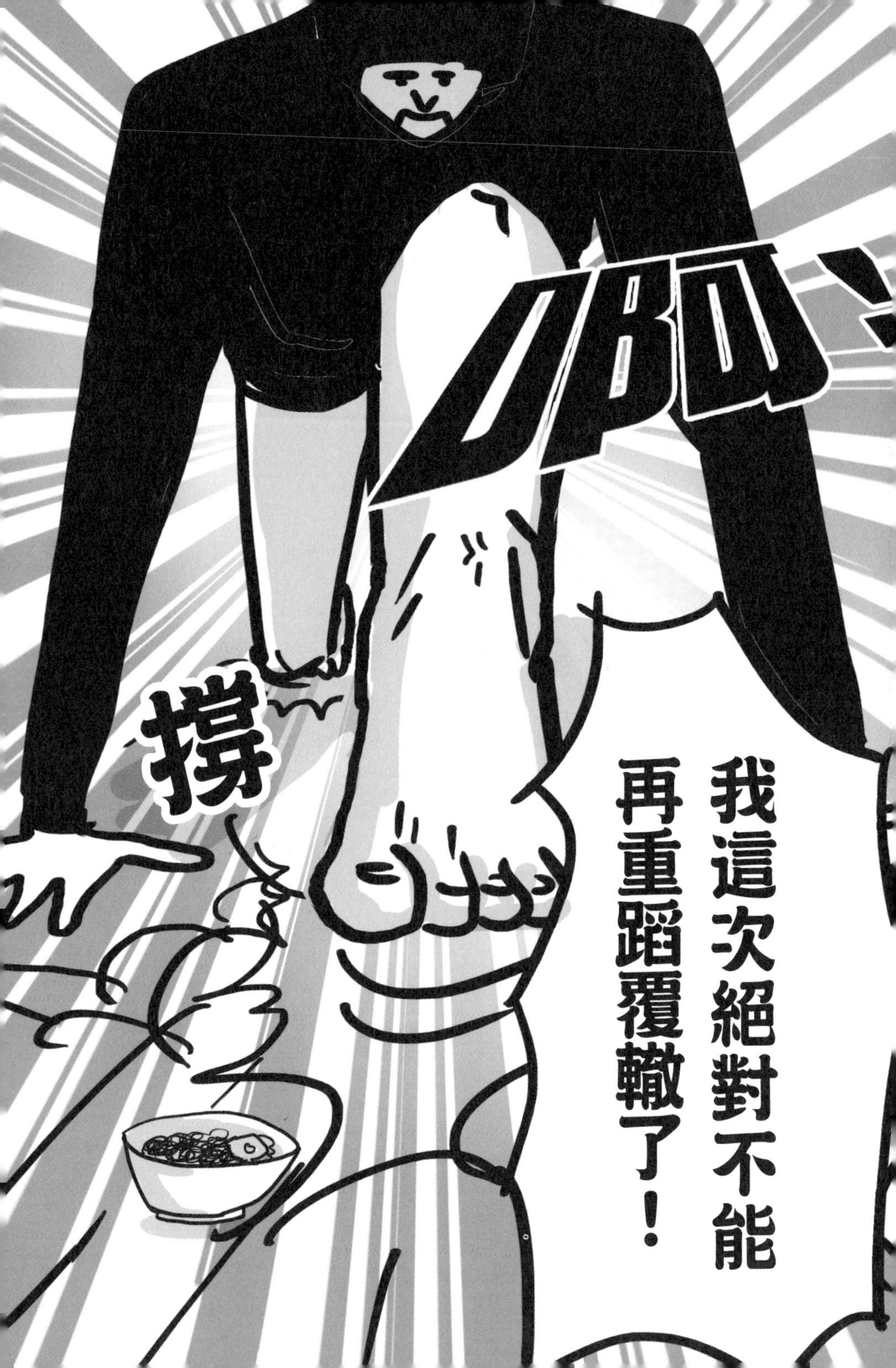
撈
我這次絕對不能再重蹈覆轍了！

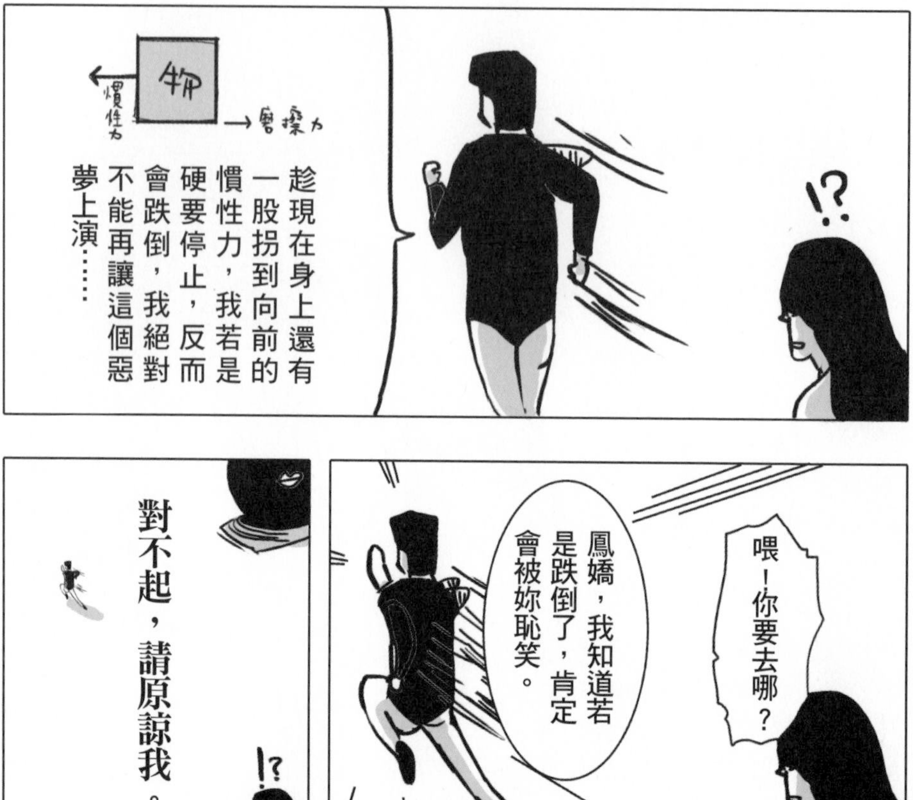
!?
物
慣性力
摩擦力
趁現在身上還有一股拐到向前的慣性力，我若是硬要停止，反而會跌倒，我絕對不能再讓這個惡夢上演……
喂！你要去哪？
鳳嬌，我知道若是跌倒了，肯定會被妳恥笑。
對不起，請原諒我。
!?
我想在妳心中
留下最完美的形象

希望妳不要回停車場等我
妳的堅持等待
只會讓我羞愧到無法取車
重點是停車費一個小時要二十元
這不是我想要的愛情
未完待續

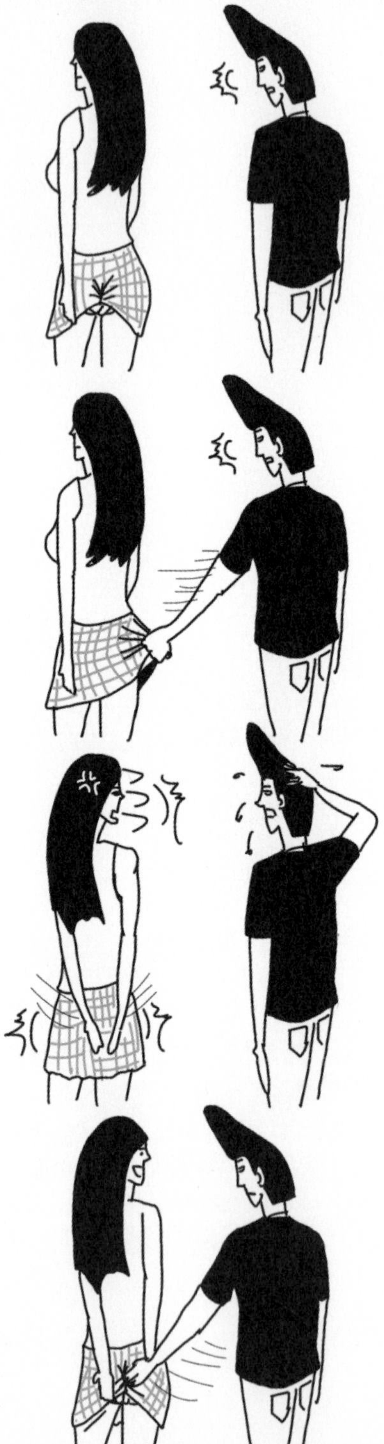

不解釋小劇場

好心被雷親

不解釋小劇場

ANDY

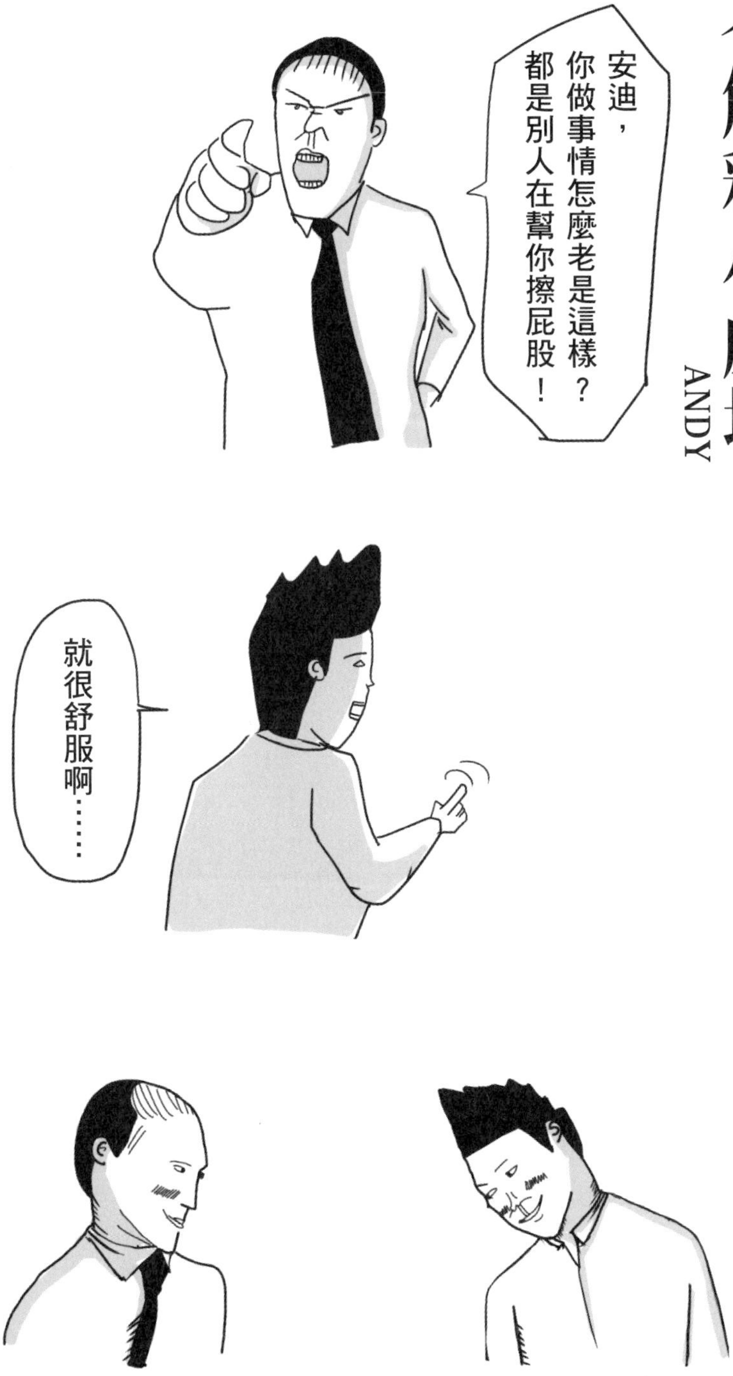
安迪，你做事情怎麼老是這樣？都是別人在幫你擦屁股！
就很舒服啊……

阿吉科技
小啾，妳晚上有空嗎？想要約妳吃飯～
沒空。
那明天呢？
沒空啦！
安迪，你這種把妹的方式早就落伍了。
我不是那種隨便的女人，不過，看在你這麼有誠意的份上，是可以跟你吃個飯啦～

到了。
小帽屋
鍋燒義麵坊
來賓三位嗎？
歡迎光臨
我們兩位。
好的，請跟我走。
三位帶位唷！
來～您的三人座。
需要點餐的話可以舉手，
我們會馬上為您服務。
我們兩位。
有些事，即使是親眼所見也不可以相信唷！
……

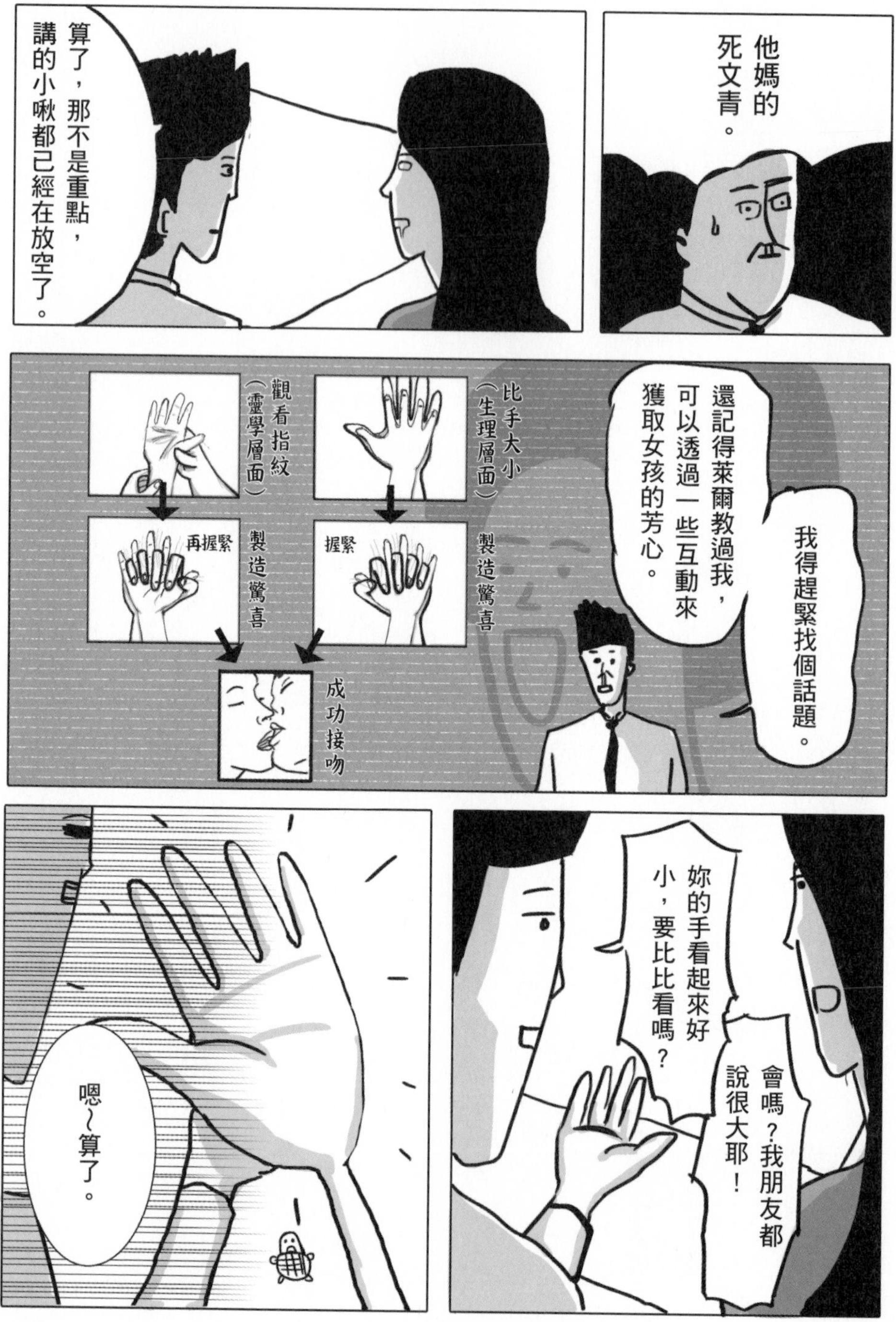
他媽的死文青。
算了，那不是重點，講的小啾都已經在放空了。
我得趕緊找個話題。
還記得萊爾教過我，可以透過一些互動來獲取女孩的芳心。
比手大小（生理層面）
握緊
製造驚喜
觀看指紋（靈學層面）
再握緊
製造驚喜
成功接吻
妳的手看起來好小，要比比看嗎？
會嗎？我朋友都說很大耶！
嗯～算了。

點餐！點餐！點餐！
怎麼都沒人理我？
點餐！點餐！點餐！
點餐！點餐！
抱歉，來了！
就點人體拼盤生魚片好嗎？
好的～馬上為您送餐。
對不起，我們今天人體餐盤不足，先請警衛大哥來幫忙。
先生，你乾誒盪賣夾挖乃陶附近？金價糾養ㄟ捏！
（憨笑）
幹你娘！我要退菜！

＊你可以不要夾我奶頭附近？真的很癢捏！

算了，晚點再帶你去吃別的，
巷口有幾間還滿出名的店。
突然的動作！
被踢了！難道小啾想暗示我什麼嗎？
我該怎麼辦？
小啾～我必須先跟妳談談我對愛情的看法，所有戀情對我來說，
都是以結婚為前提，太快的進展不是我想要的。
又挑逗一次!!

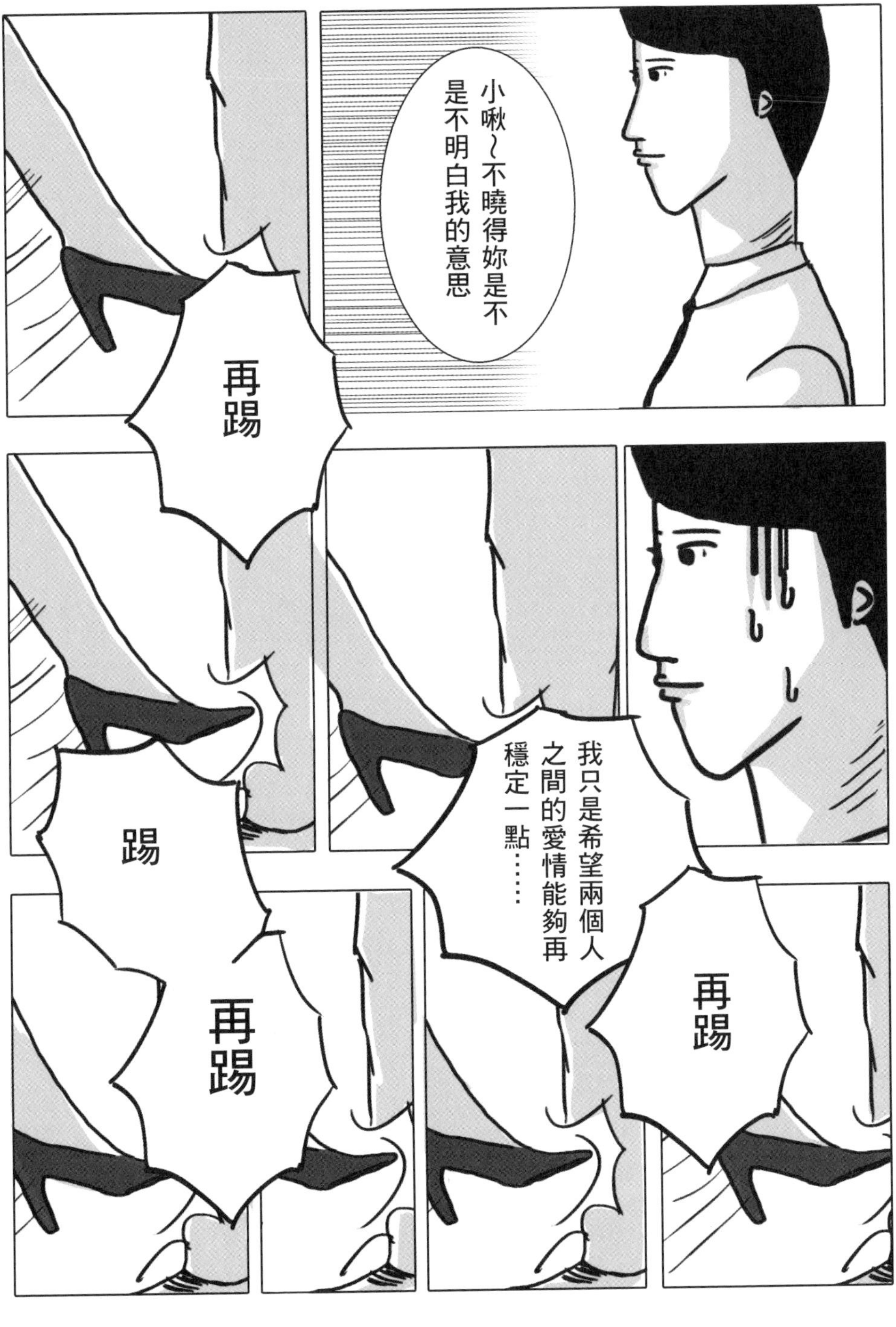
小啾~不曉得妳是不是不明白我的意思
再踢
我只是希望兩個人之間的愛情能夠再穩定一點……
踢
再踢
再踢

幹～～會痛啦！
妳踢屁啊?!

再試一次，確認妳的反應神經沒有受損。
（敲）
謝謝醫生～

浪費了一整頁版面，你們沒有什麼想說的嗎？
這個傢伙到底是誰?!

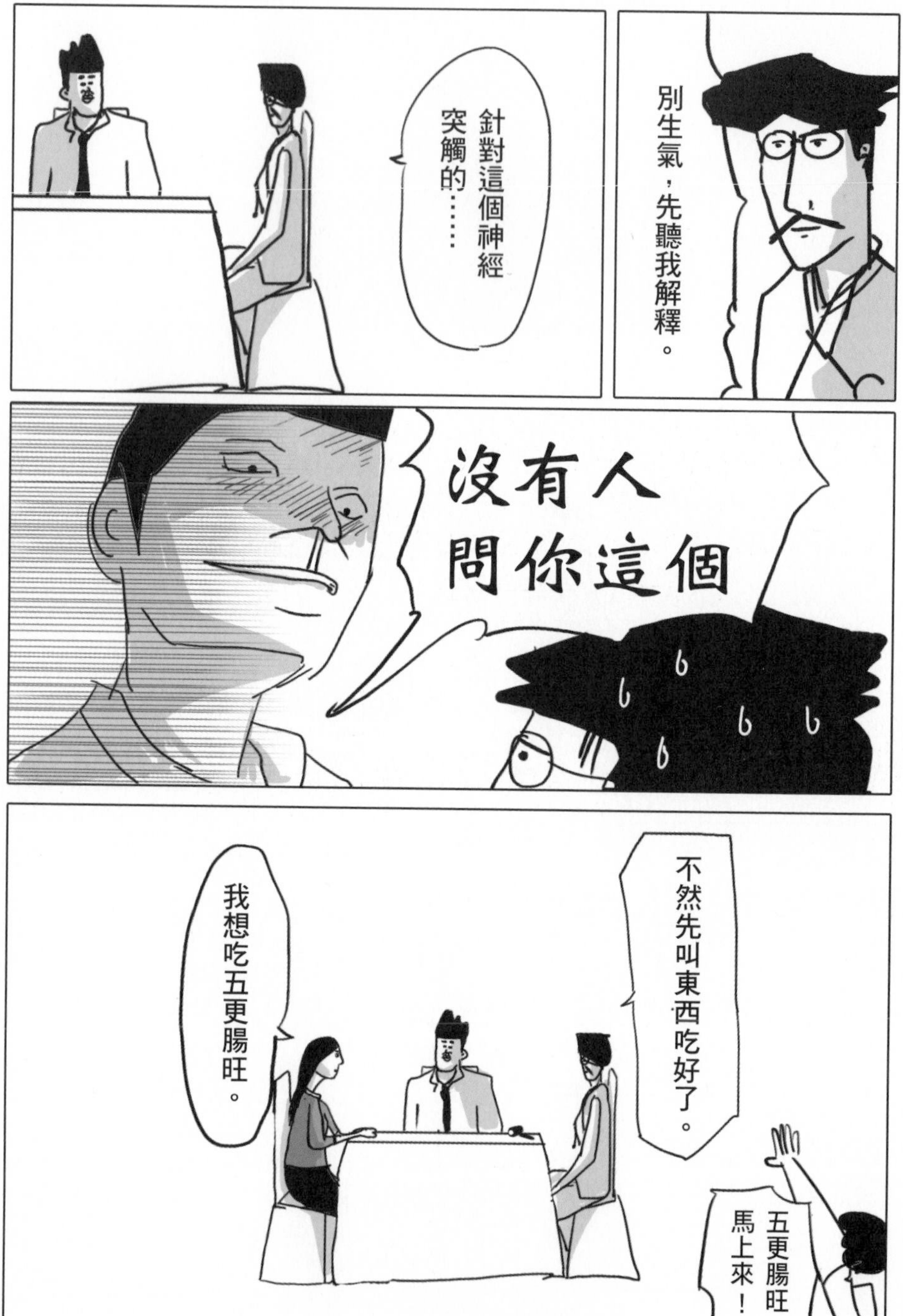
別生氣，先聽我解釋。
針對這個神經突觸的……
沒有人問你這個
不然先叫東西吃好了。
我想吃五更腸旺。
五更腸旺馬上來！

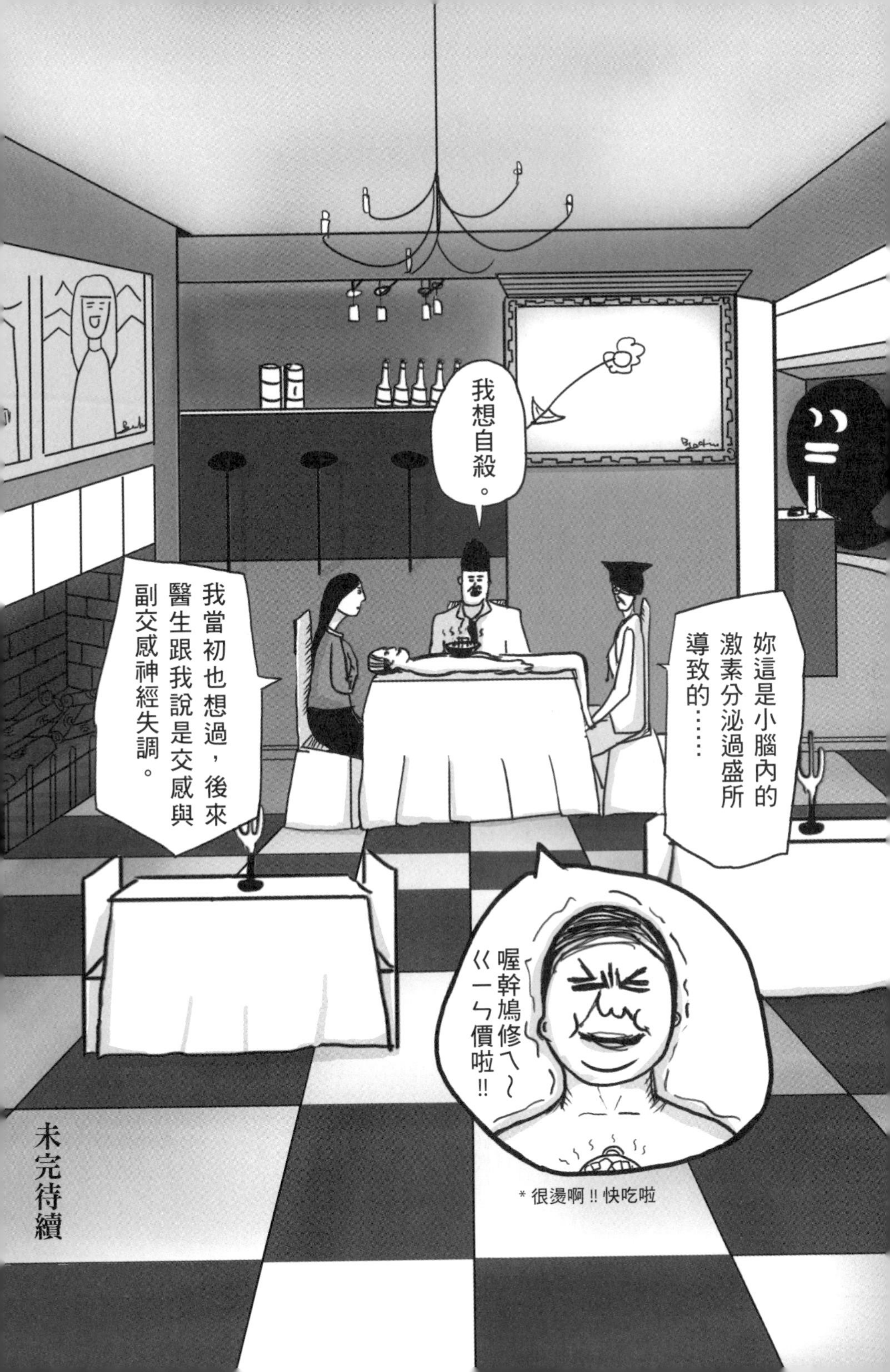
我想自殺。
妳這是小腦內的激素分泌過盛所導致的……
我當初也想過，後來醫生跟我說是交感與副交感神經失調。
喔幹鳩修ㄟ～ㄍㄧㄣ價啦!!
* 很燙啊!! 快吃啦
未完待續

不解釋小劇場

ANDY

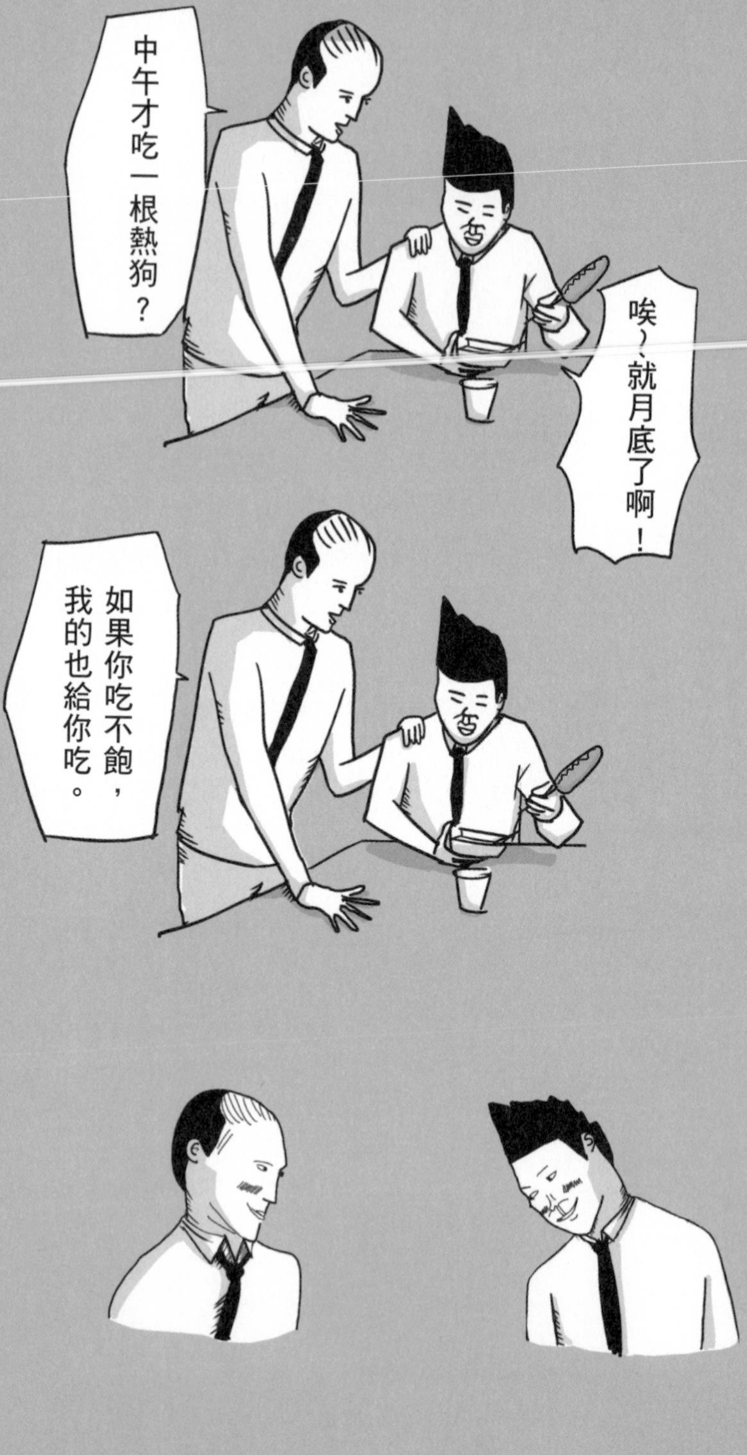

不解釋小劇場

洨確幸

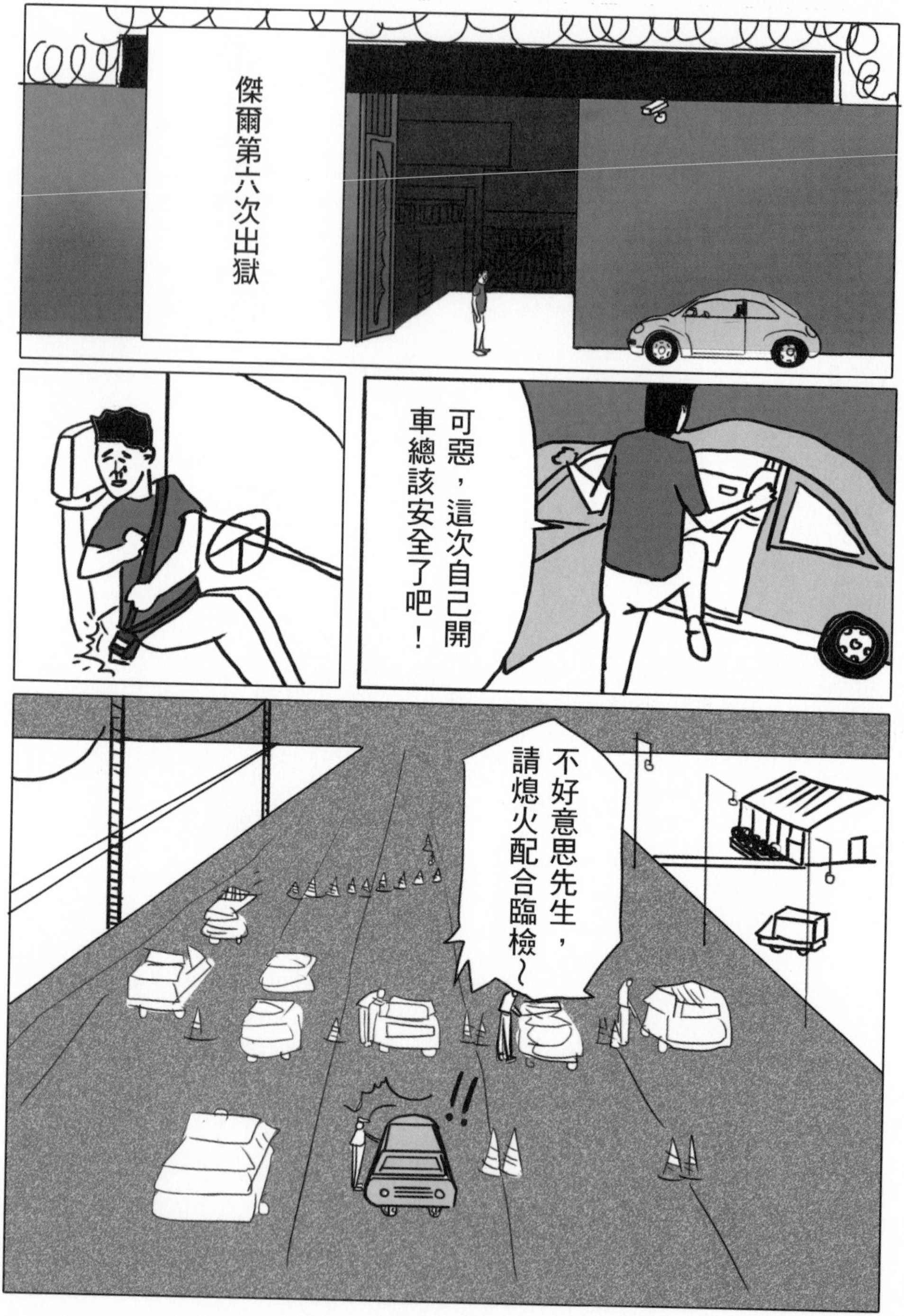
傑爾第六次出獄
可惡，這次自己開車總該安全了吧！
不好意思先生，請熄火配合臨檢～

先生，我們聞到了酒味，請您配合。
POLICE
可是我真的沒喝酒呀！警察大哥～
我真的是清白的，請你們相信我～
不然你唱首歌聽聽。
那有什麼問題，唱歌可是我的強項，我不只參加過歌唱大賽，連評審都誇獎我唱歌很有靈魂。
林宥嘉二〇〇九年推出第二張專輯《感官／世界》大受好評，眾所矚目的主打歌〈說謊〉，更是讓宥嘉迷幻王子的稱號更為貼切。藍調的搖晃身影，讓歌迷誤以為進入喝醉的狀態……
POLICE
我沒有說謊～我何必說謊～
妳懂我的～我對妳從來就不會……
自由時間：三十七分鐘

不解釋小劇場

交友關係

單身

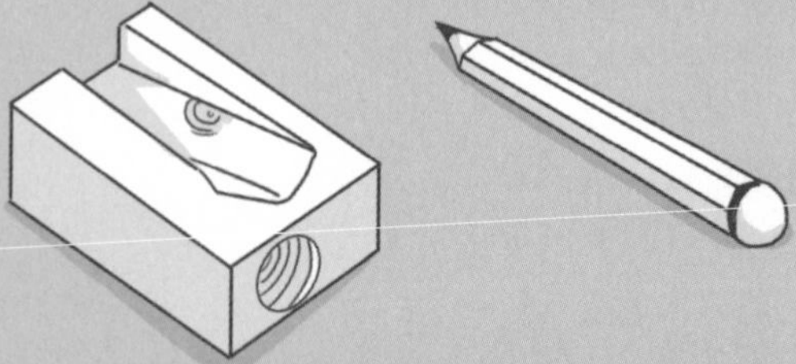

穩定交往中

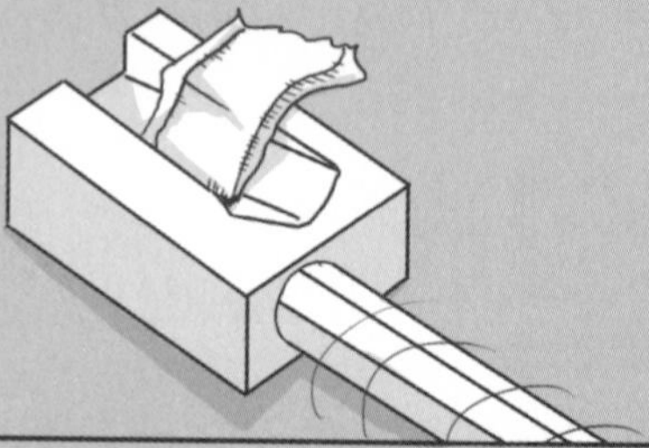

交往中但保有交友空間

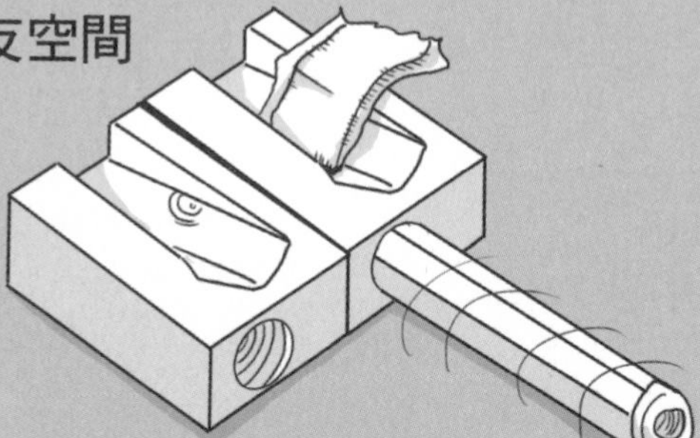

一言難盡

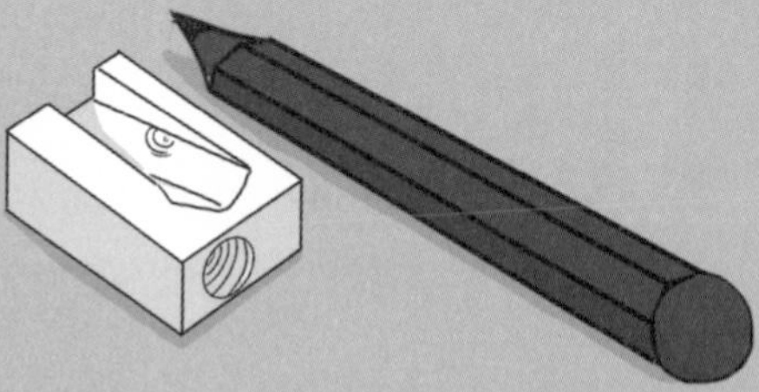

喪偶

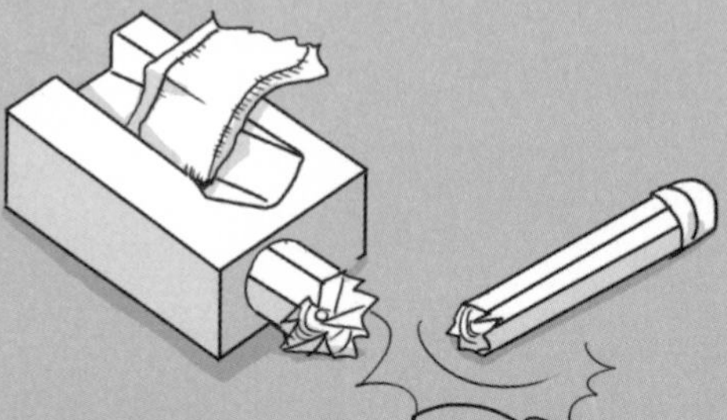

不解釋小劇場

Abiotic Life

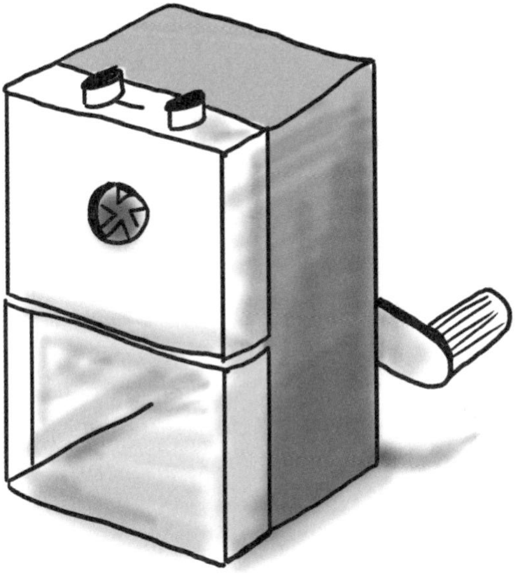

今天，也可以直接進來喔

31 歲，Amanda，從事雕刻行業

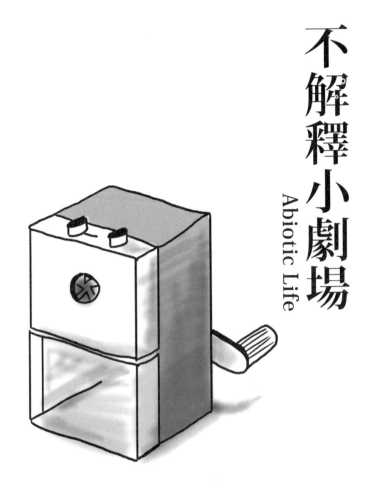

阿吉科技
老闆，我先走了。
嗚嗚嗚嗚嗚嗚嗚……
好險有打1985詢問怎麼解開奪命六九鎖，
不然今天就沒命了。
喵
腦公?!
不是跟我說今天醫院要值夜班嗎？
旁邊那個女的是誰?!
你好討mm

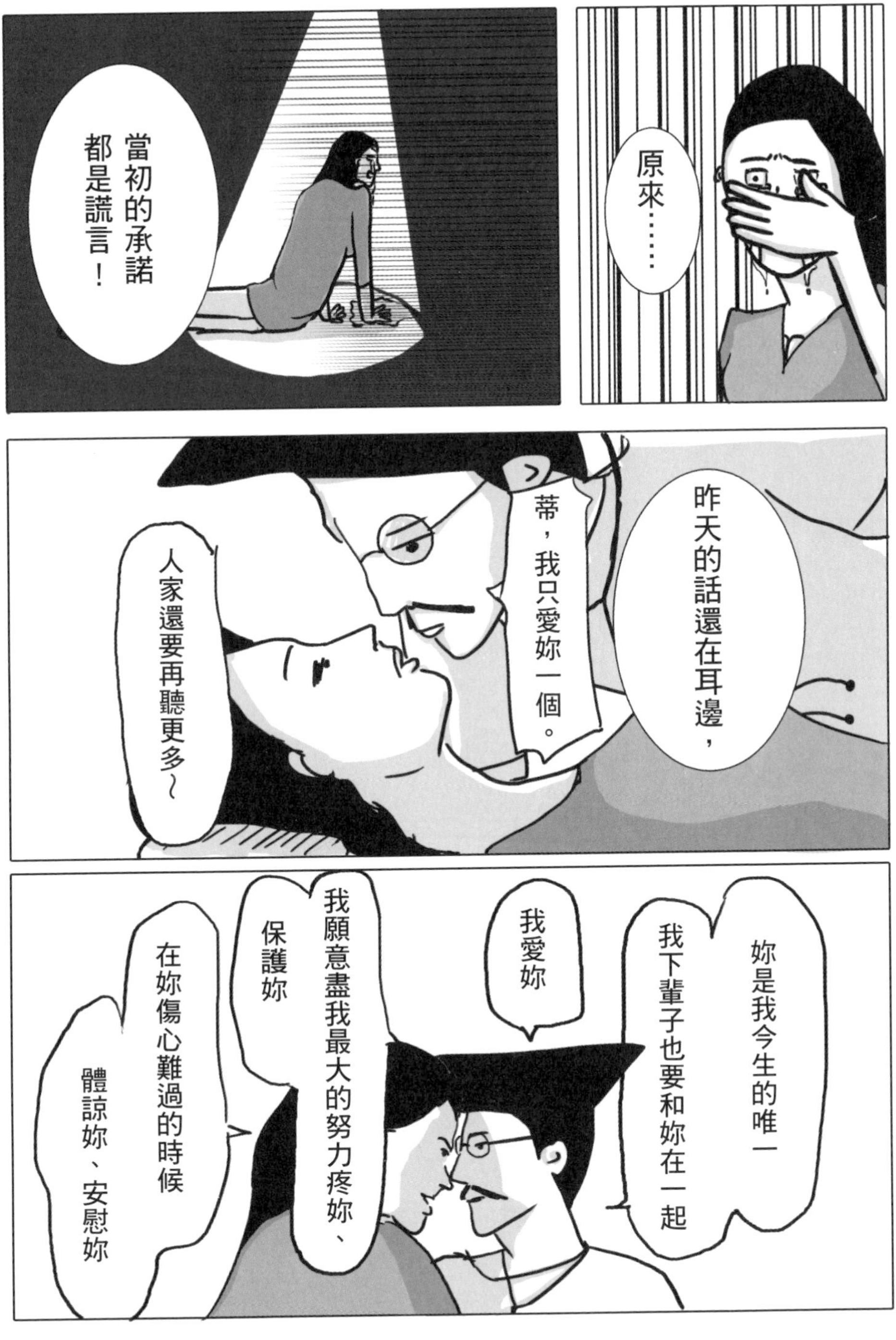
原來……
當初的承諾都是謊言！
昨天的話還在耳邊，
蒂，我只愛妳一個。
人家還要再聽更多～
妳是我今生的唯一
我下輩子也要和妳在一起
我愛妳
我願意盡我最大的努力疼妳、保護妳
在妳傷心難過的時候體諒妳、安慰妳

我一直在關注妳……
GooGLE
愛情語錄
我一直在關注妳
用一切妳知道或不知道的方式
經典愛情語錄，傷感愛情語錄大全
勵志天下……
北鼻，我知道你有多愛我了。
三個W點face，是否轉為繁體……
你給我閉嘴

這個賤男人！昨天還跟我甜言蜜語，今天就被我抓到外遇！
而且還在被網友票選為前十名刺激的樓梯間摳摳，連我都沒有嘗試過。
什麼！在刺激指數四顆星的管理室前接吻，還用這麼難的林氏下腰！
以前都騙我你有僵直性脊椎炎，連我想要挑戰簡單的霹靂雷火吻，都跟我說沒辦法
霹靂雷火吻
90°
我今天不打死你們這對姦夫淫婦!!我就不姓陳！
可惡

啊！！！！！！
那個女的是誰?!
看我不揍死你們！
我要打死妳這個賤女人！
老婆，妳聽我說！
妳忘了我們承諾過下輩子還要當夫妻嗎？她現在是我的情人，卻是妳下輩子的女兒呀……妳忍心嗎？
我……
好吧，沒事了。
媽~對不起。
未完待續

不解釋小劇場

ANDY

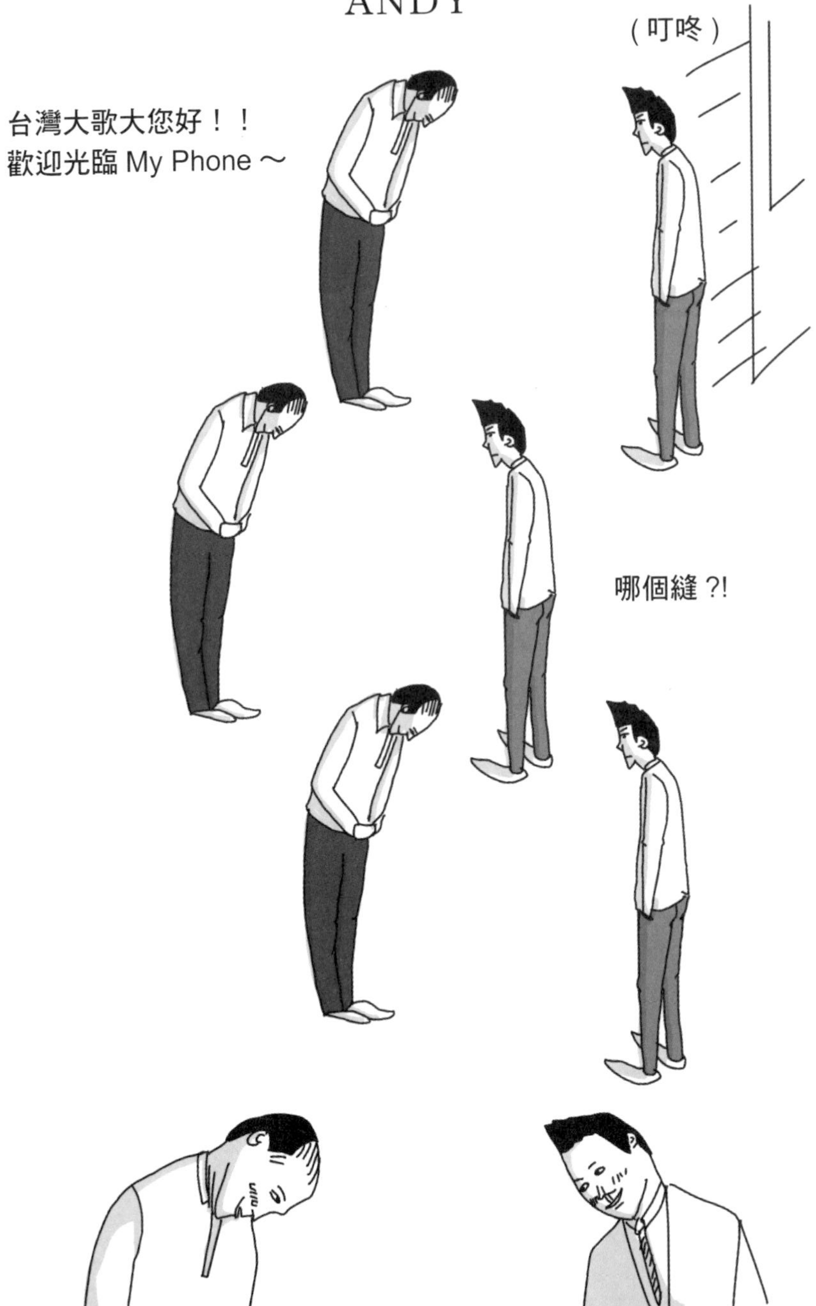

（叮咚）
台灣大歌大您好！！
歡迎光臨 My Phone～
哪個縫 ?!

不解釋小劇場

薑母鴨

MONAIKA BEACH
想起那些曾經，以為能夠和我攜手一生的女孩。
依林
景嵐
雪芙
冰冰
芳如
鳳嬌
呀!!
艾德，老闆找你
我怎麼不記得有跟這個類型的女孩交往過……
老闆找你！老闆找你！老闆找你！老闆找你！老闆找你！老闆找你！老闆找你！老闆找你！老闆找你！
在找到真愛之前，我是絕對不會回去的！

怎麼突然下滑?!
哇!!
喀!!
碰!!

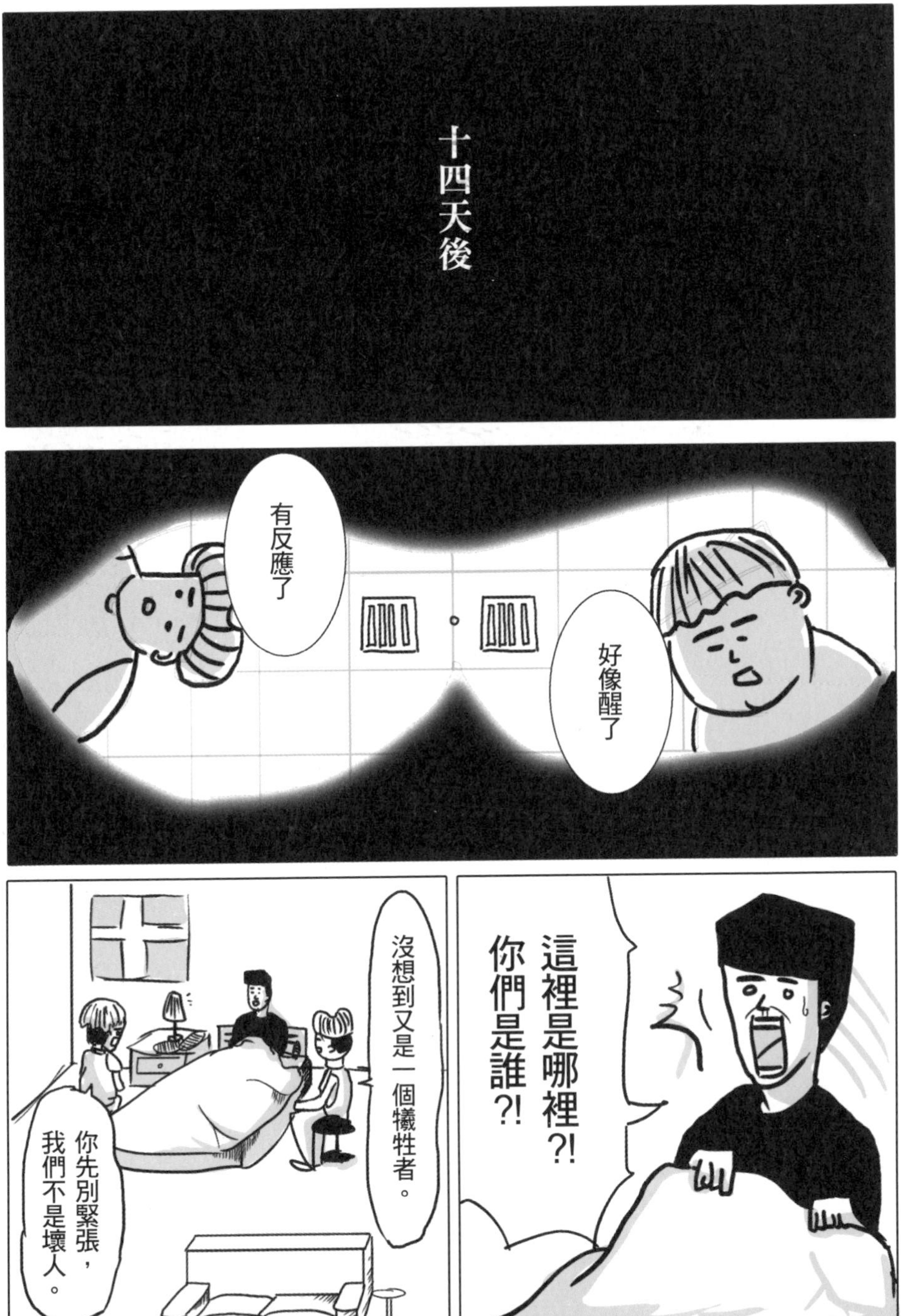
十四天後
好像醒了
有反應了
這裡是哪裡?! 你們是誰?!
沒想到又是一個犧牲者。
你先別緊張，我們不是壞人。

你是從地表掉落的，在下墜過程中可能有猛烈地撞擊頭部，所以已經昏睡了兩個禮拜。
蛤？
算了，我帶你去外頭了解情況。
你看天空那個缺口，
就是連結兩個世界的途徑，我們也是從另一邊掉入的。
大家都稱這裡為「維珍娜村」

每天，這裡都會有一至兩個人落入。
值得慶幸的是，這裡的土壤富有彈性，
截至目前為止，並沒有任何人傷亡。
據統計結果，掉下來的清一色都是男性，各式各樣的職業與人種都有。

我們曾經試著逃出去，
但每個月只有一次機會。
那天，洞口會垂下
一根黑色的繩子，
也只有那天，
才有機會攀著它往上。

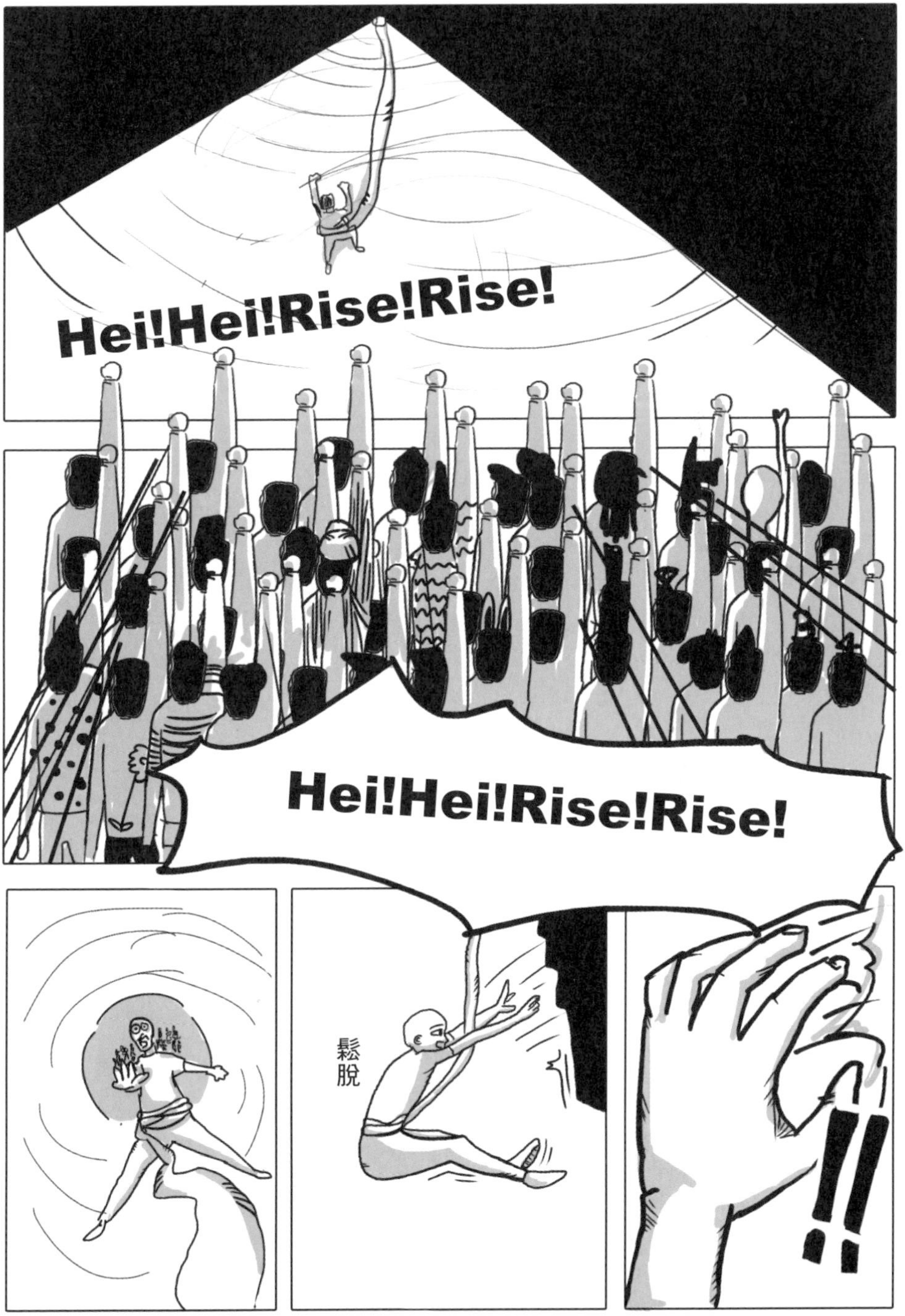
Hei!Hei!Rise!Rise!
Hei!Hei!Rise!Rise!
鬆脫
!!

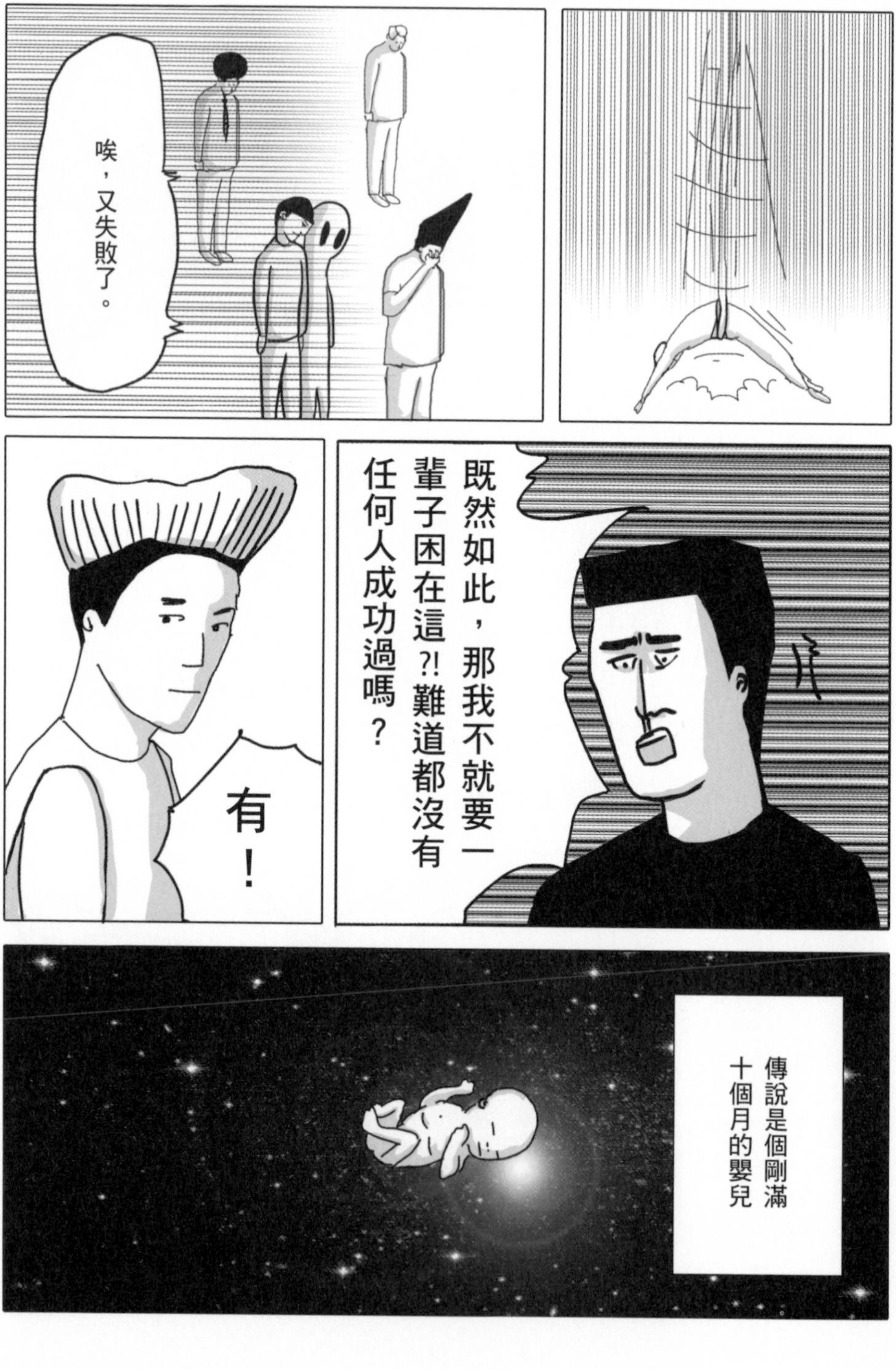
唉，又失敗了。
既然如此，那我不就要一輩子困在這?!難道都沒有任何人成功過嗎？
有！
傳說是個剛滿十個月的嬰兒

是紅色警戒!!
!!
!?
鈴!!!
那邊!!
快跟我來!
到底發生了什麼事?!
未完待續

不解釋小劇場

濃妝豔抹

不解釋小劇場

ANDY

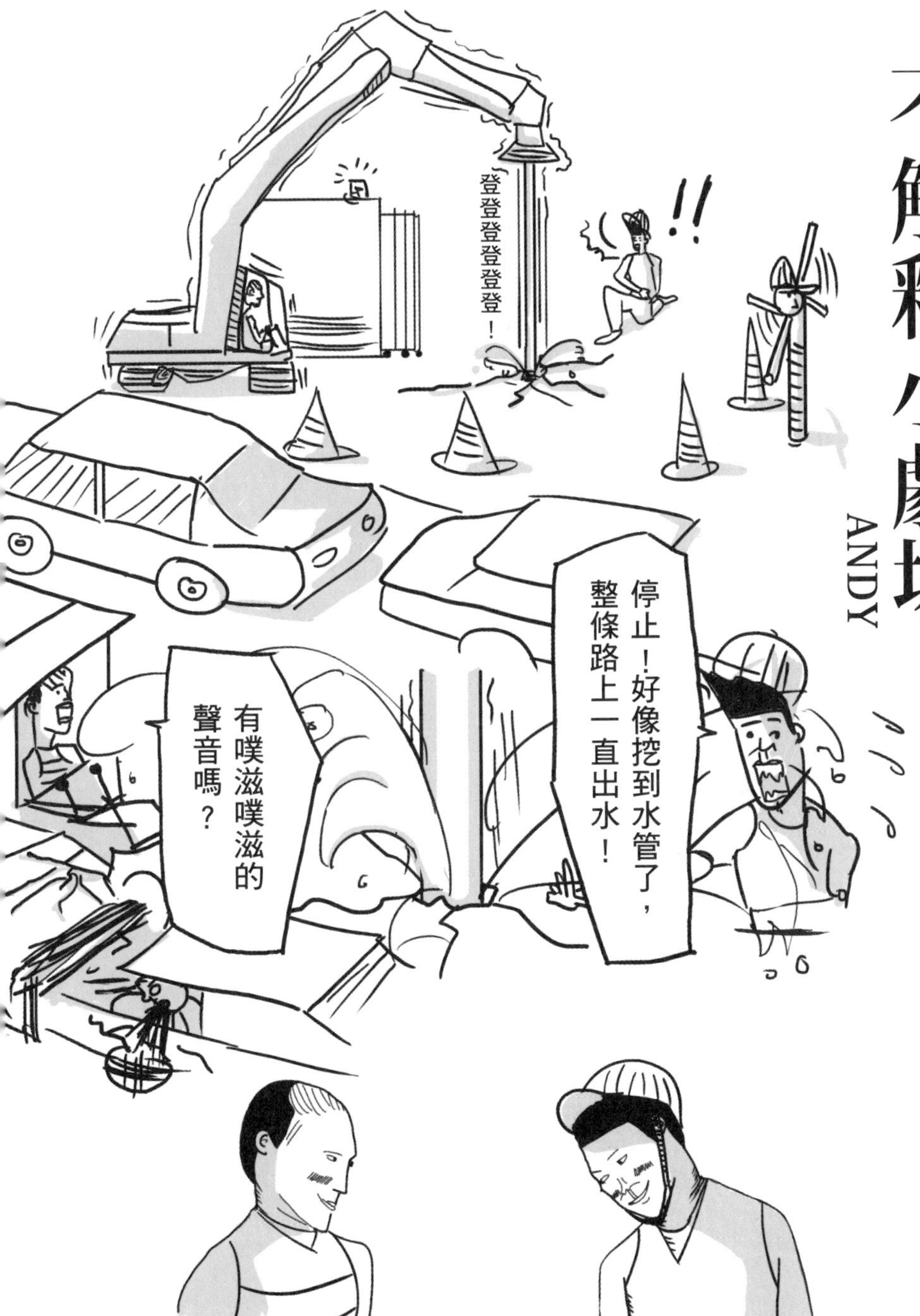

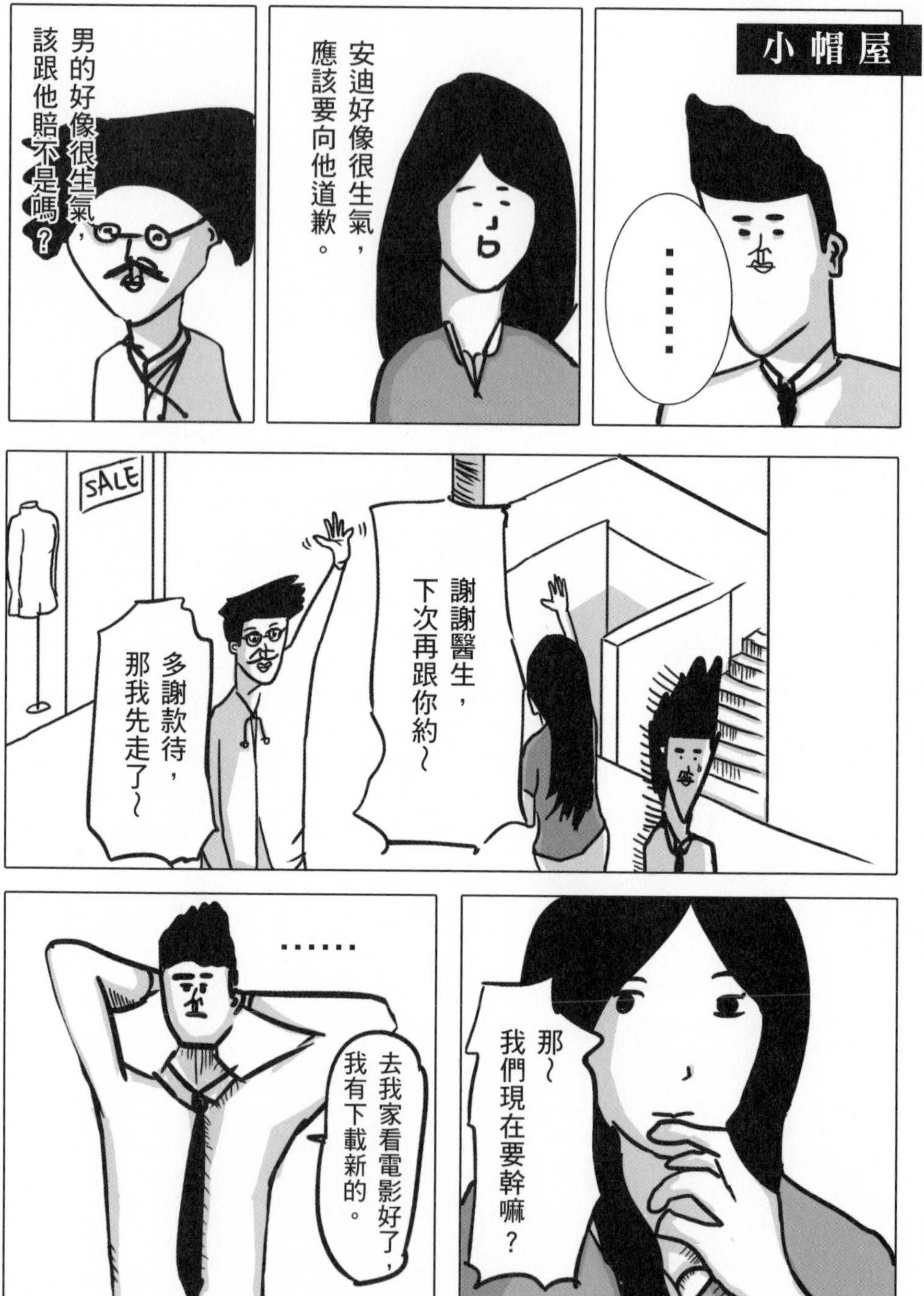
小帽屋
……
安迪好像很生氣，應該要向他道歉。
男的好像很生氣，該跟他賠不是嗎？
SALE
謝謝醫生，下次再跟你約～
多謝款待，那我先走了～
那～我們現在要幹嘛？
……
去我家看電影好了，我有下載新的。

可是我媽媽說，
不可以隨便到男生家。
尋貓
200$
妳是不是誤會什麼了？
我又不是變態！
你幹嘛打人啊？很痛耶！
我超怕痛的！
你很煩
揮
閃
我一定
閃
揮
要打到你
揮
閃

欠錢不還
不要跑!!
從小到大，
我可沒有輸過
給我站住!!
我一定要
打到你！

BYE
TECH.
可惡
看我的厲害！
福氣
緣分
終於到家了
呼……

給我出來！
在我開門之前先答應我，妳願意進來我家。
答應你個頭！我都說了我媽不准我隨便到男生家！
我也是有自己的矜持，反正你快開門，我要打到你最後一下。
福氣
喀
你……在哪……？最好不要耍花樣騙我
？

小姐～
公子已經等候您多時了。

這……
全是為我準備的嗎？
距離有點遠，傳話給公子，
小姐表示：這……
真是為我準備的嗎？
傳下去……
小姐說：難道是我
幫忙傳下去……
小姐說：難過的是我
小姐說……
乀靠杯你重複了吧？
肯特今天休假啦，所以我幫他代班
喔。
剛跟你講話講到忘了，
反正小姐就說沙小的。
公子，對面的小姐說沙小的跟你講話就忘了。

……反正先跟她確認有沒有想吃什麼吧！
換邊啦幹！
公子要確認小姐想吃什麼？
公子說……幹，代班的梗不要用兩次啦！
對不起！我換
公子要確認小姐想不想吃
公子想確認吃沙小的
小姐，公子要確認妳想不想吃他的沙小……
未完待續

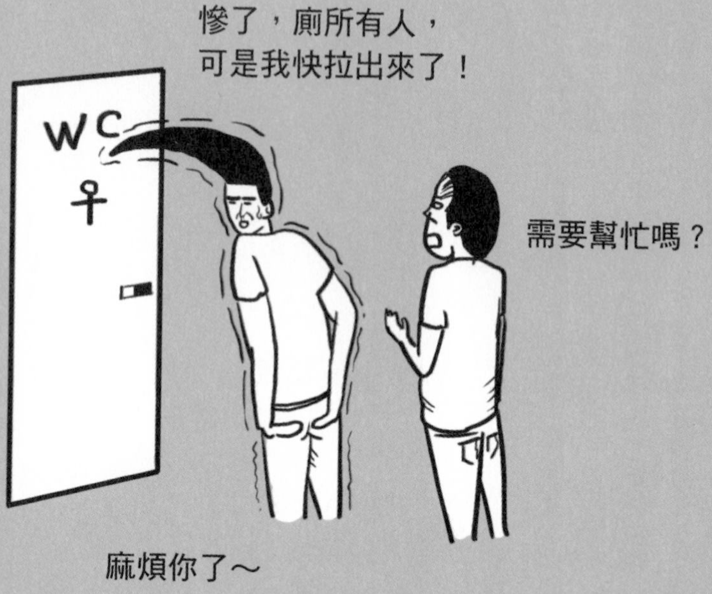
慘了，廁所有人，
可是我快拉出來了！
WC
需要幫忙嗎？
麻煩你了～

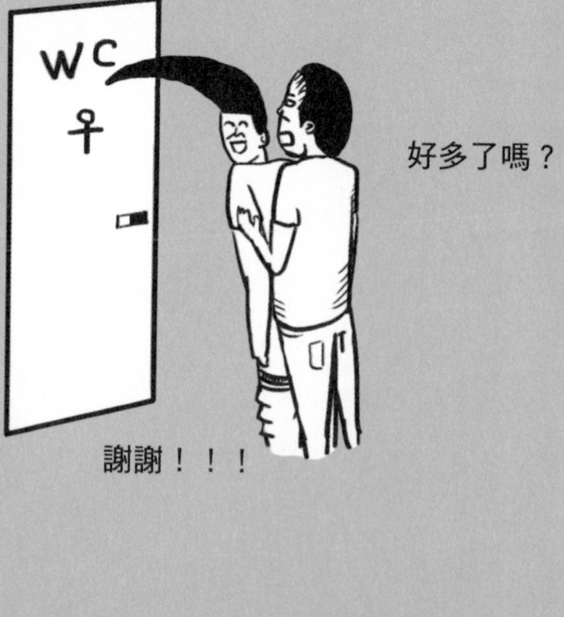
WC
好多了嗎？
謝謝！！！

不解釋小劇場

處處有溫情

不解釋小劇場

ANDY

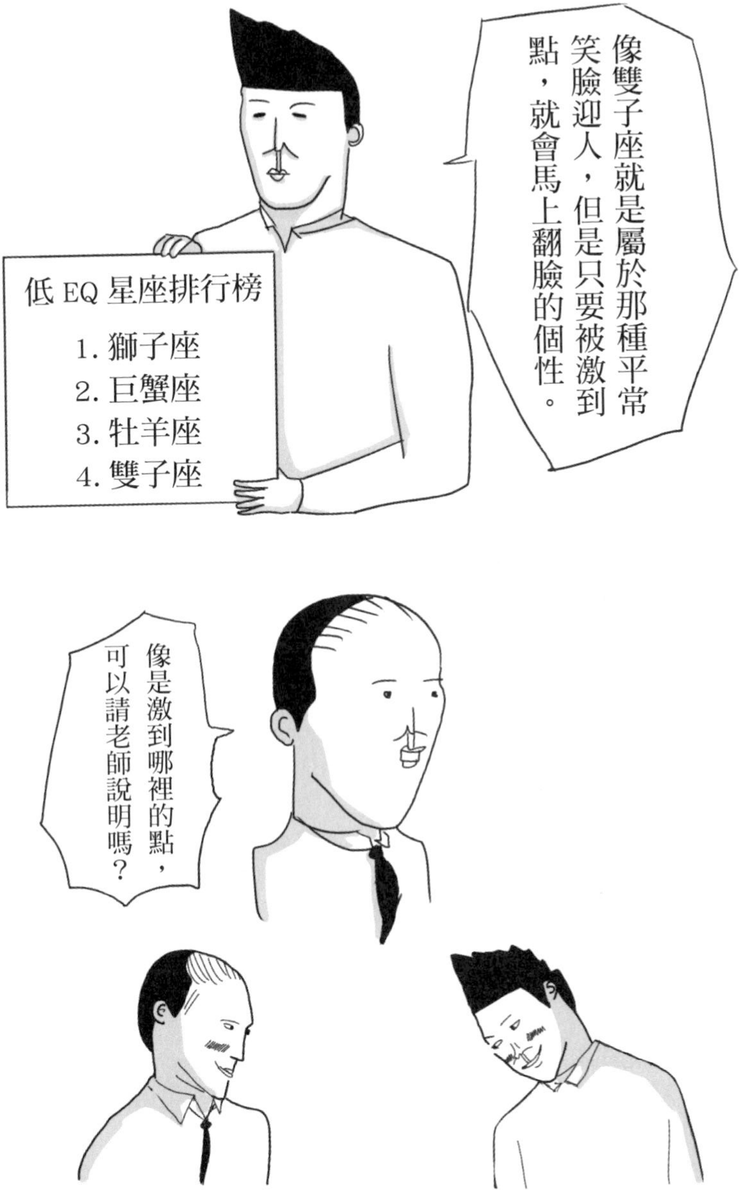
低 EQ 星座排行榜
1. 獅子座
2. 巨蟹座
3. 牡羊座
4. 雙子座
像雙子座就是屬於那種平常笑臉迎人，但是只要被激到點，就會馬上翻臉的個性。
像是激到哪裡的點，可以請老師說明嗎？

我們去外面走走吧！
好～媽～
咦？
鍋燒意麵紀念公園
史蒂！
布雷克先生，你怎麼在這？
布先生好。
我跟老婆出來散步，看到孩子們就一起玩了。
我也是，天氣好就跟女兒出來逛逛。

對了，那份文件您拿到了嗎？
沒有啊！
艾德到底在幹嘛？前天不就答應禿頭要送出了！
死艾德，是不是想害死我……
怎麼沒人接
!?
鈴!!
鈴!!
可惡的傢伙，還轉語音信箱了
重撥
真的很對不起，我會再聯絡他。
沒關係啦，只要趕在這週末前給我就可以了

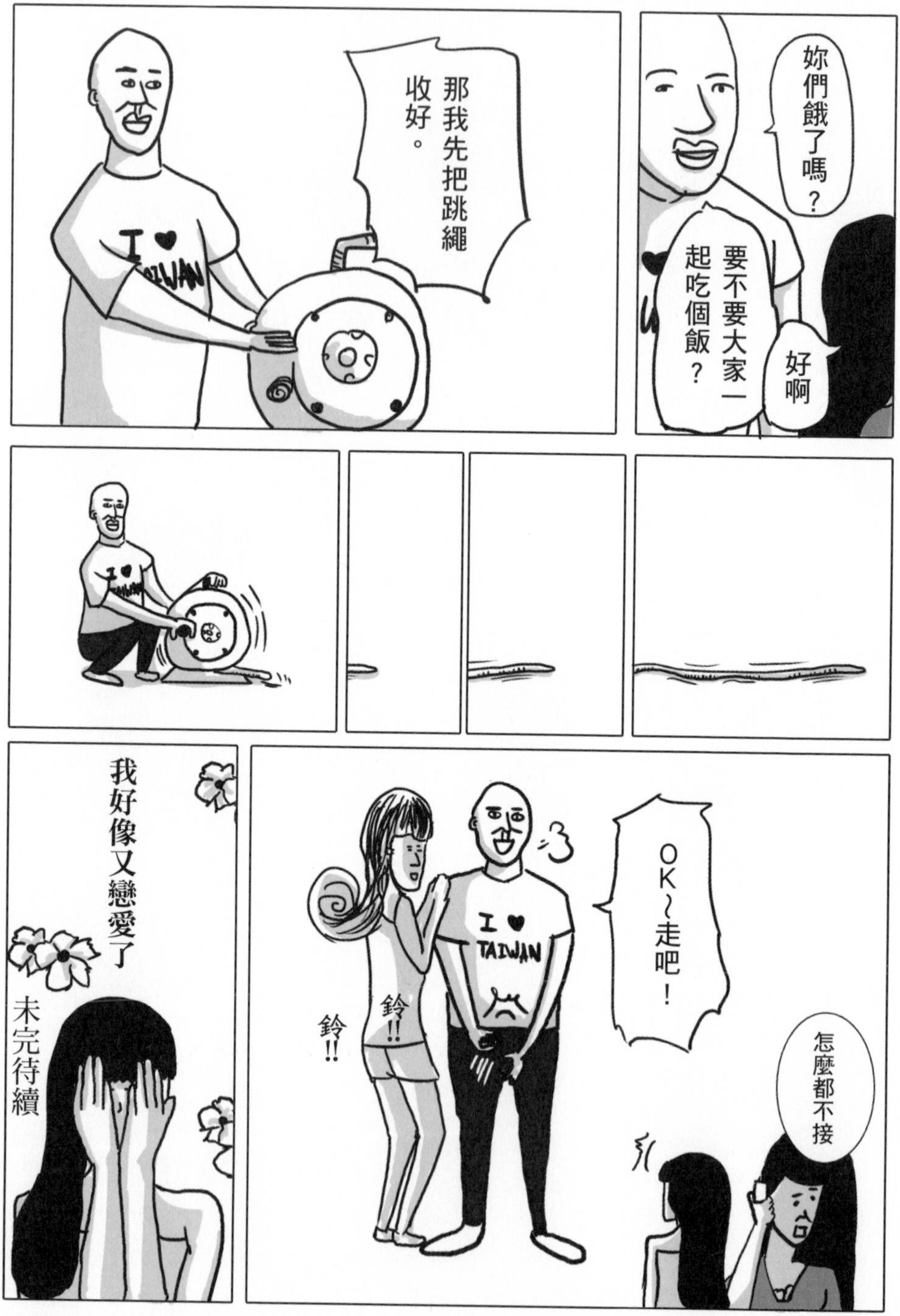
妳們餓了嗎？
要不要大家一起吃個飯？
好啊
那我先把跳繩收好。
I ♥ TAIWAN
OK~走吧！
鈴!!
鈴!!
怎麼都不接
我好像又戀愛了
未完待續

不解釋小劇場

沉默之丘

不解釋小劇場

一丘之貉

Andy's Home
小啾，晚餐吃得還開心嗎？
我好像什麼都沒吃到吧……
抱歉，因為吃飯那段想不到梗所以就沒畫了。
不過～樓上還有很多好玩的
我不要，
我現在只覺得不爽。
沒關係!!
啪啪
我們這場景是可以自動轉換的。

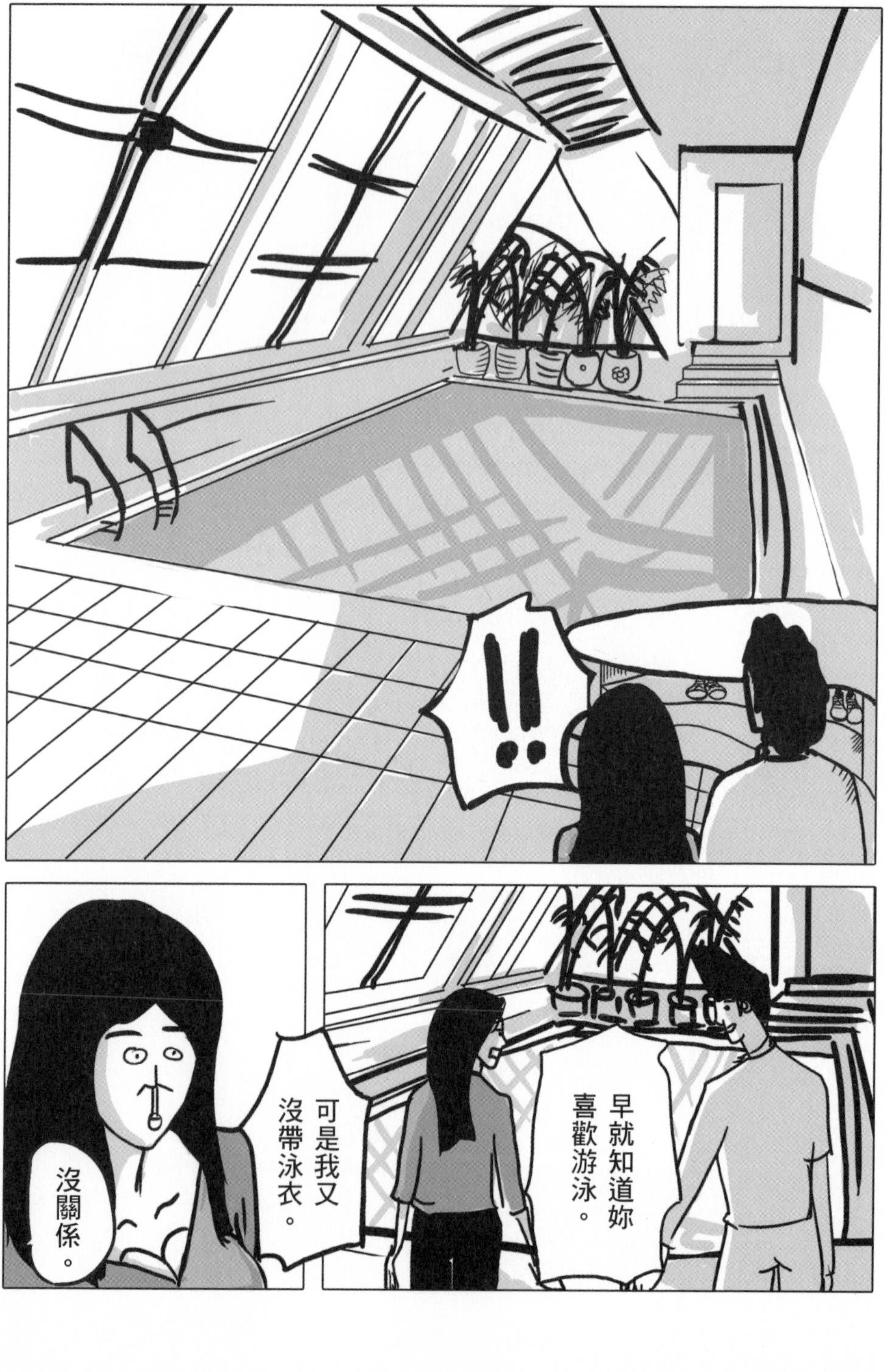
!!
早就知道妳喜歡游泳。
可是我又沒帶泳衣。
沒關係。

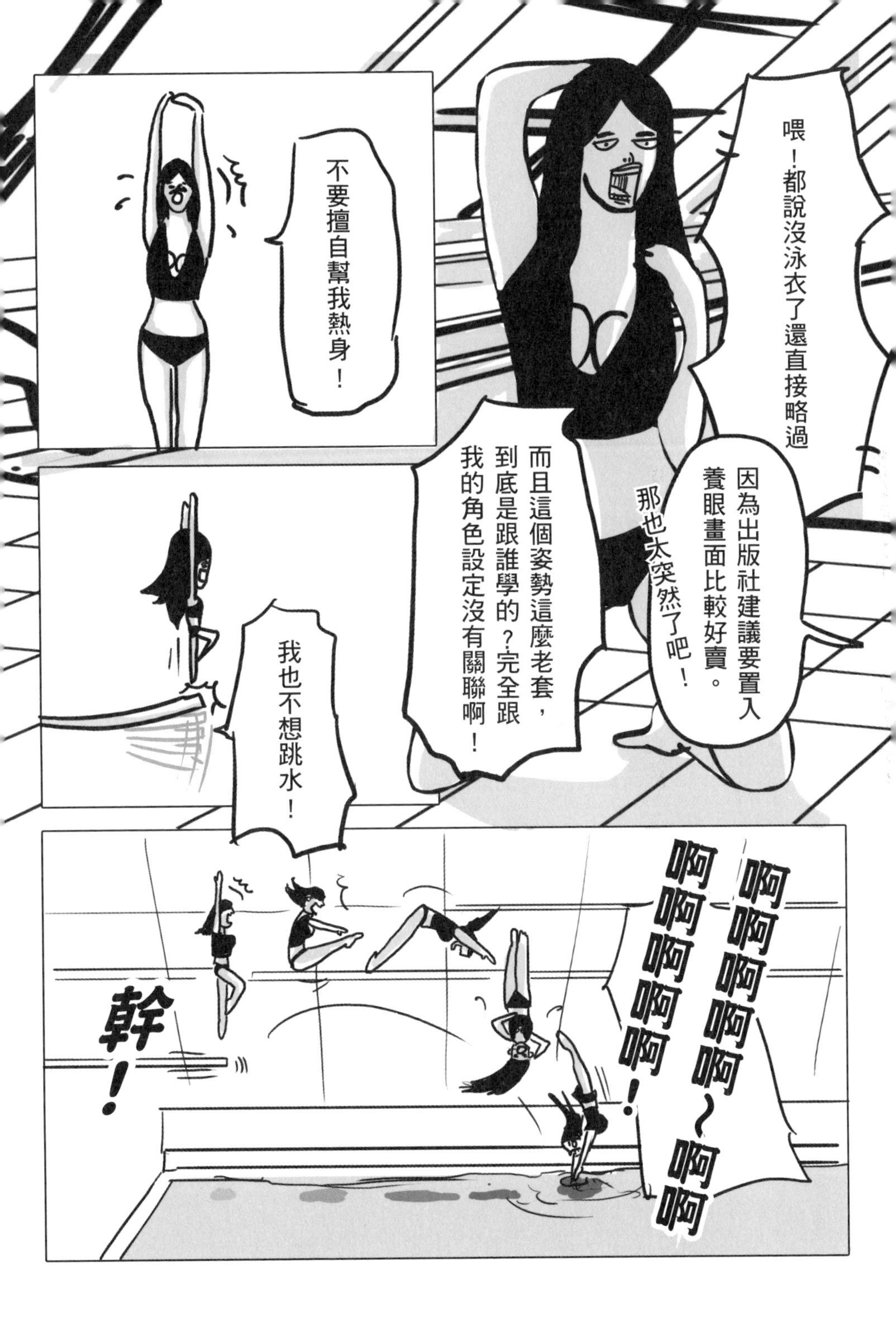

喂！都說沒泳衣了還直接略過
因為出版社建議要置入養眼畫面比較好賣。
那也太突然了吧！
不要擅自幫我熱身！
而且這個姿勢這麼老套，到底是跟誰學的？完全跟我的角色設定沒有關聯啊！
我也不想跳水！
啊啊啊啊啊～啊啊啊啊啊啊啊啊！
幹！

是不是很好玩？
去死吧你！
啊？
!?

對不起，原諒我好嗎？這一切都是出版社要求的。
我一直都很喜歡妳，
我會很溫柔的，
讓妳每天都幸福得像是要死掉一樣
咻咻!!

是誰說了關鍵字……
我將帶走所有迷失的靈魂
突然出現！
他是誰？
應該是湖中女神吧！
屁啦！
可是看起來滿像的。
咳咳……我是死神，既然你們召喚了我，就非得要讓我帶走其中一個。
就跟妳說是湖中女神
蛤，不是死神嘛？
一樣都從水裡出來啊
……你們兩個一起死吧
既然關鍵字可以招來死神，那我們用反話來試試看，不然就死定了！
好！好舒服～
舒服到快升天了～

有人來嗎？
沒耶！只覺得好亮
這是我去年換的LED省電燈泡
聽說不錯
妳剛剛演太假了啦，先跑再說！
可是我一直都是那樣啊
不行，再這樣下去我們就完蛋了。
我知道了，妳先過來這裡，
幫我服務。
太突然了吧!!
不想死就照著做

啊啊啊啊啊啊啊啊啊啊啊啊啊！
出來了

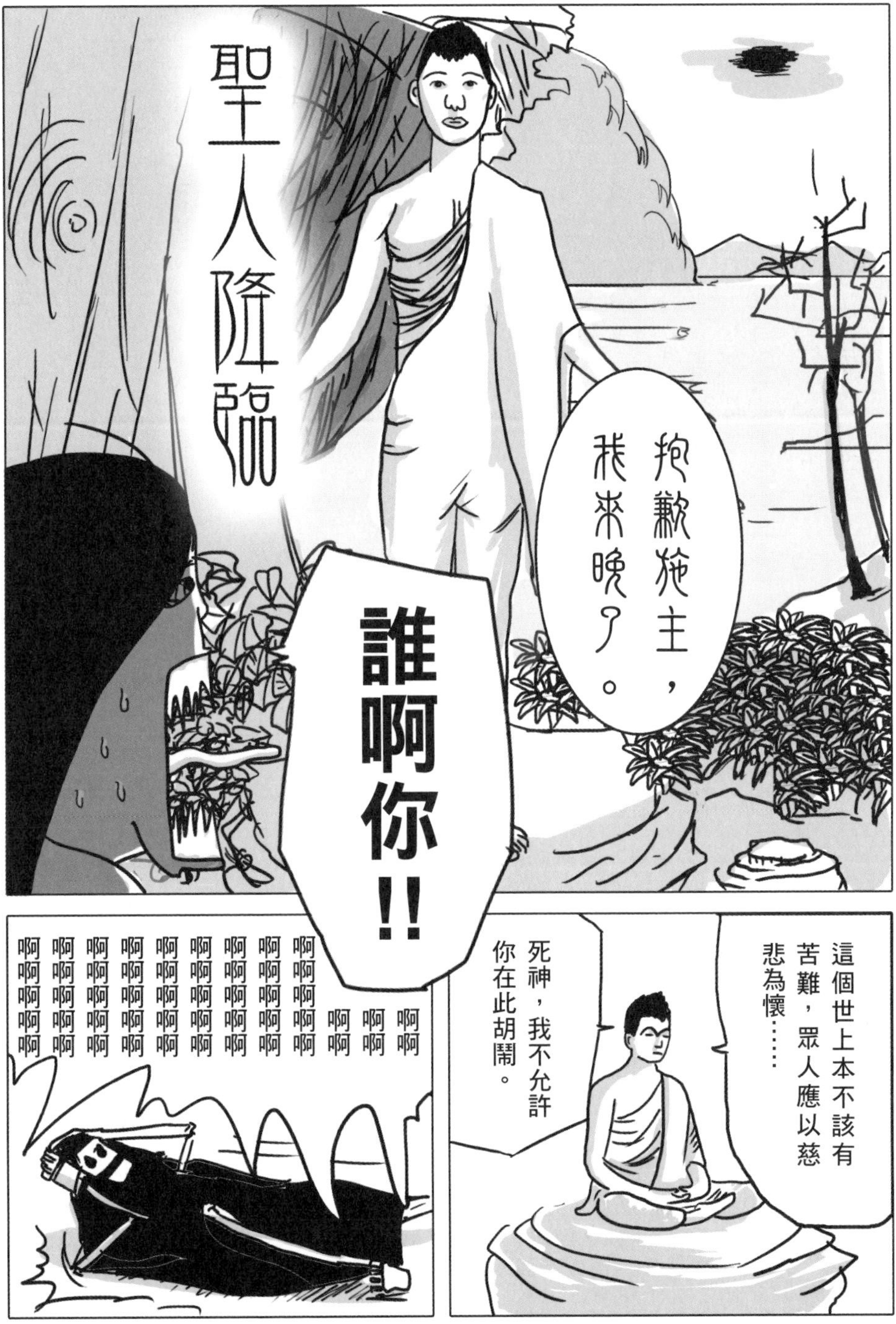
聖人降臨
抱歉施主，我來晚了。
誰啊你!!
這個世上本不該有苦難，眾人應以慈悲為懷……
死神，我不允許你在此胡鬧。
啊啊啊

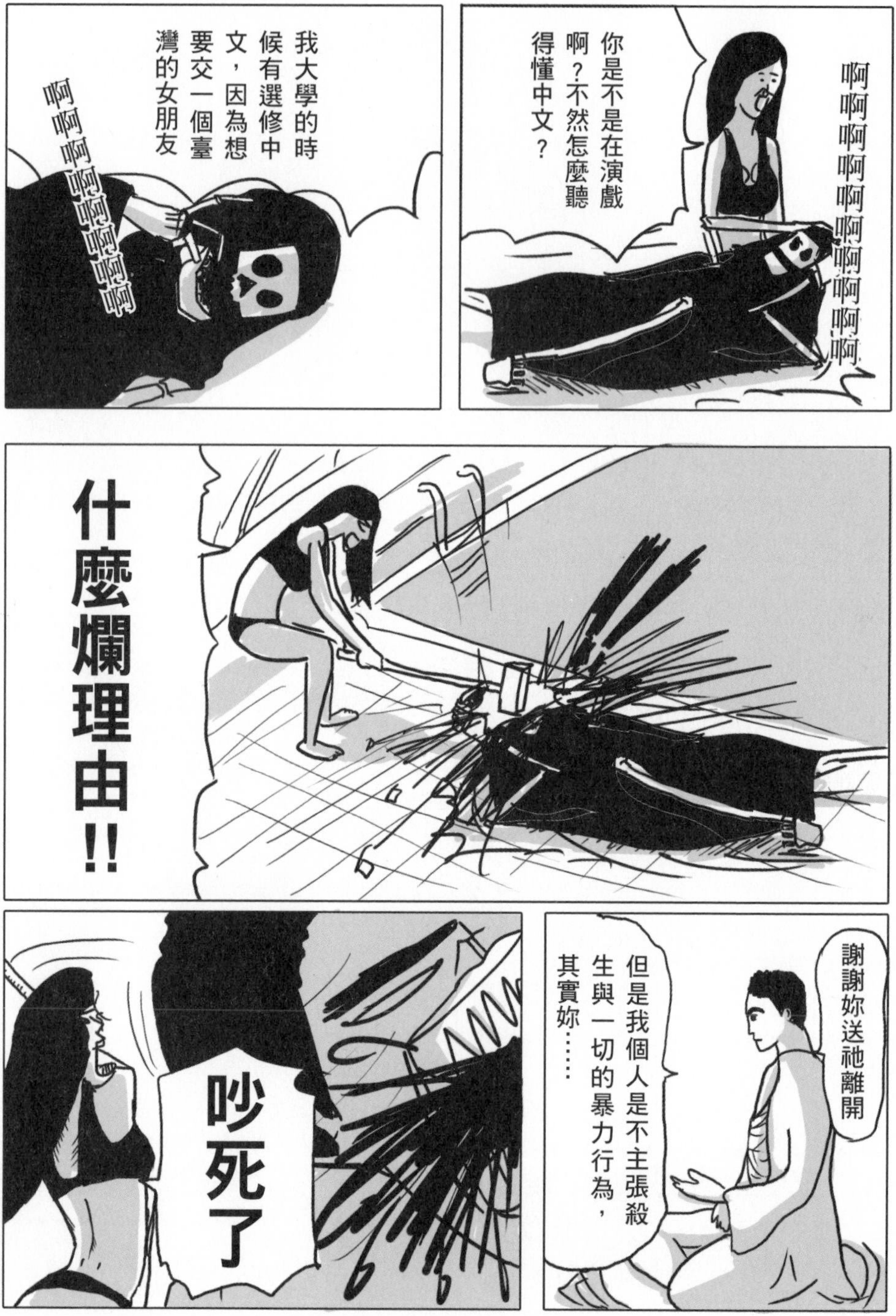
啊啊啊啊啊啊啊啊啊啊
你是不是在演戲啊？不然怎麼聽得懂中文？
我大學的時候有選修中文，因為想要交一個臺灣的女朋友
啊啊啊啊啊啊啊啊
什麼爛理由!!
謝謝妳送祂離開
但是我個人是不主張殺生與一切的暴力行為，其實妳……
吵死了

未完待續

不解釋小劇場

ANDY

不解釋小劇場

男女差異

男　　女

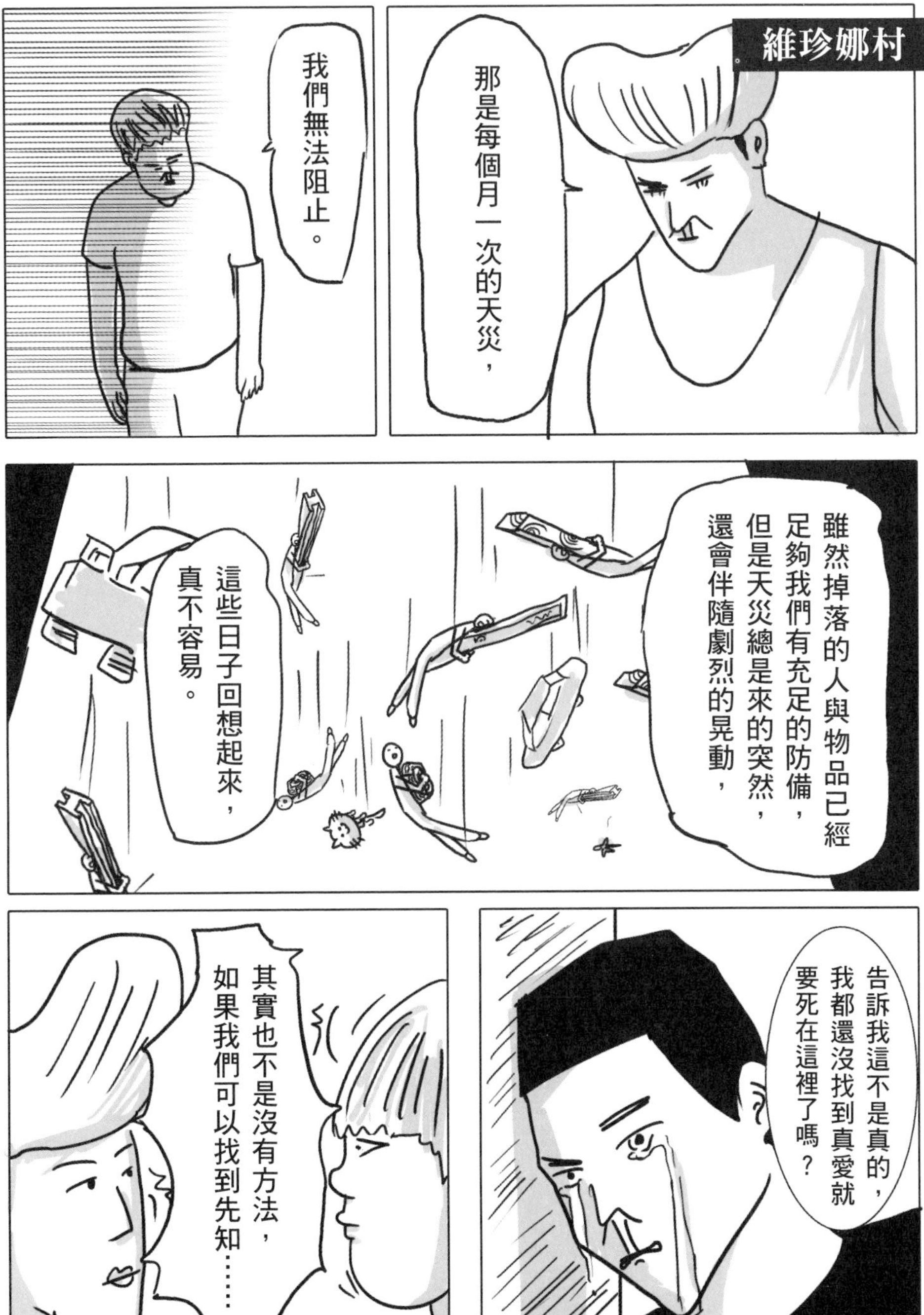

維珍娜村
那是每個月一次的天災，
我們無法阻止。
雖然掉落的人與物品已經足夠我們有充足的防備，但是天災總是來的突然，還會伴隨劇烈的晃動，
這些日子回想起來，真不容易。
告訴我這不是真的，我都還沒找到真愛就要死在這裡了嗎？
其實也不是沒有方法，如果我們可以找到先知……

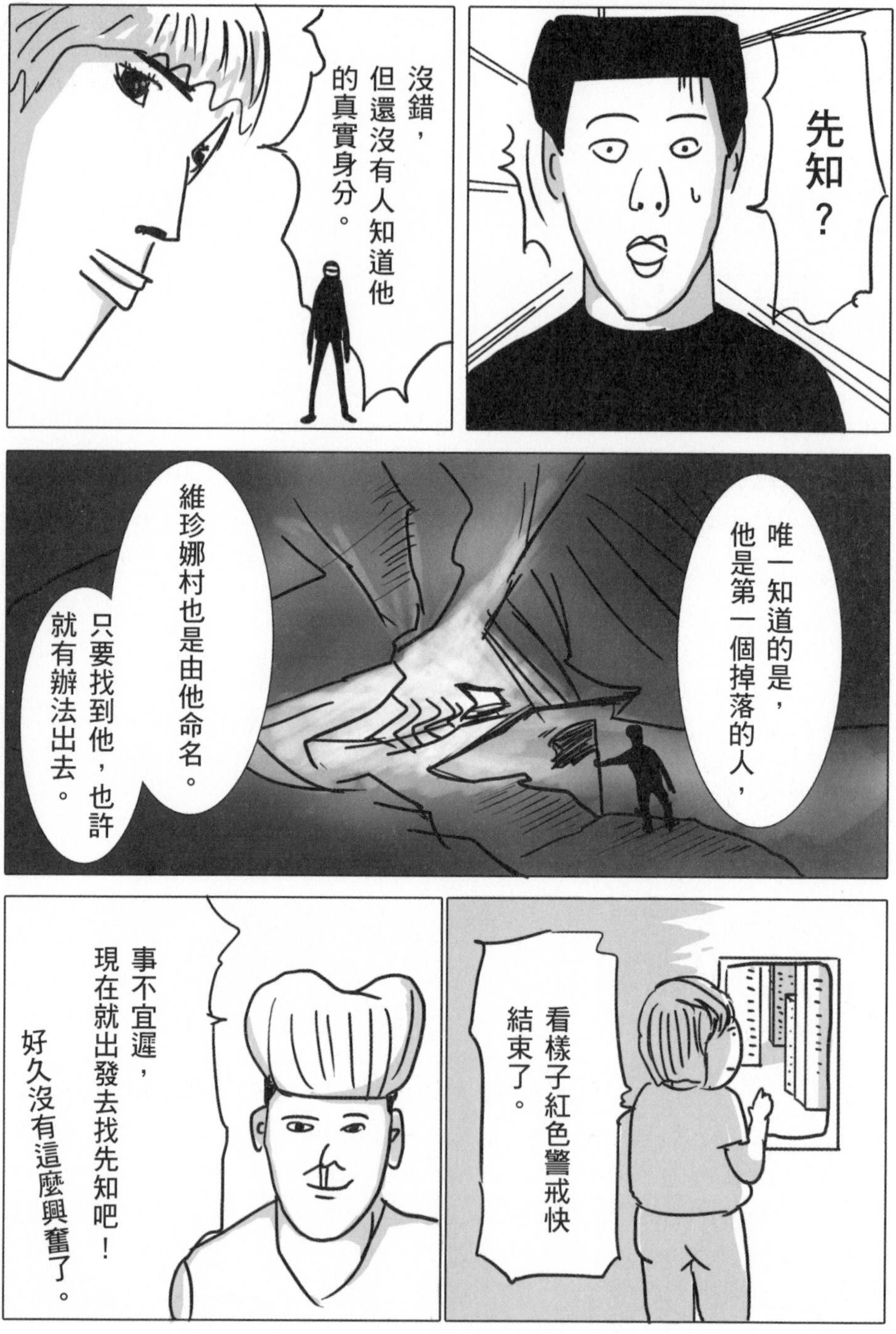
先知？
沒錯，但還沒有人知道他的真實身分。
唯一知道的是，他是第一個掉落的人，
維珍娜村也是由他命名。
只要找到他，也許就有辦法出去。
看樣子紅色警戒快結束了。
事不宜遲，現在就出發去找先知吧！
好久沒有這麼興奮了。

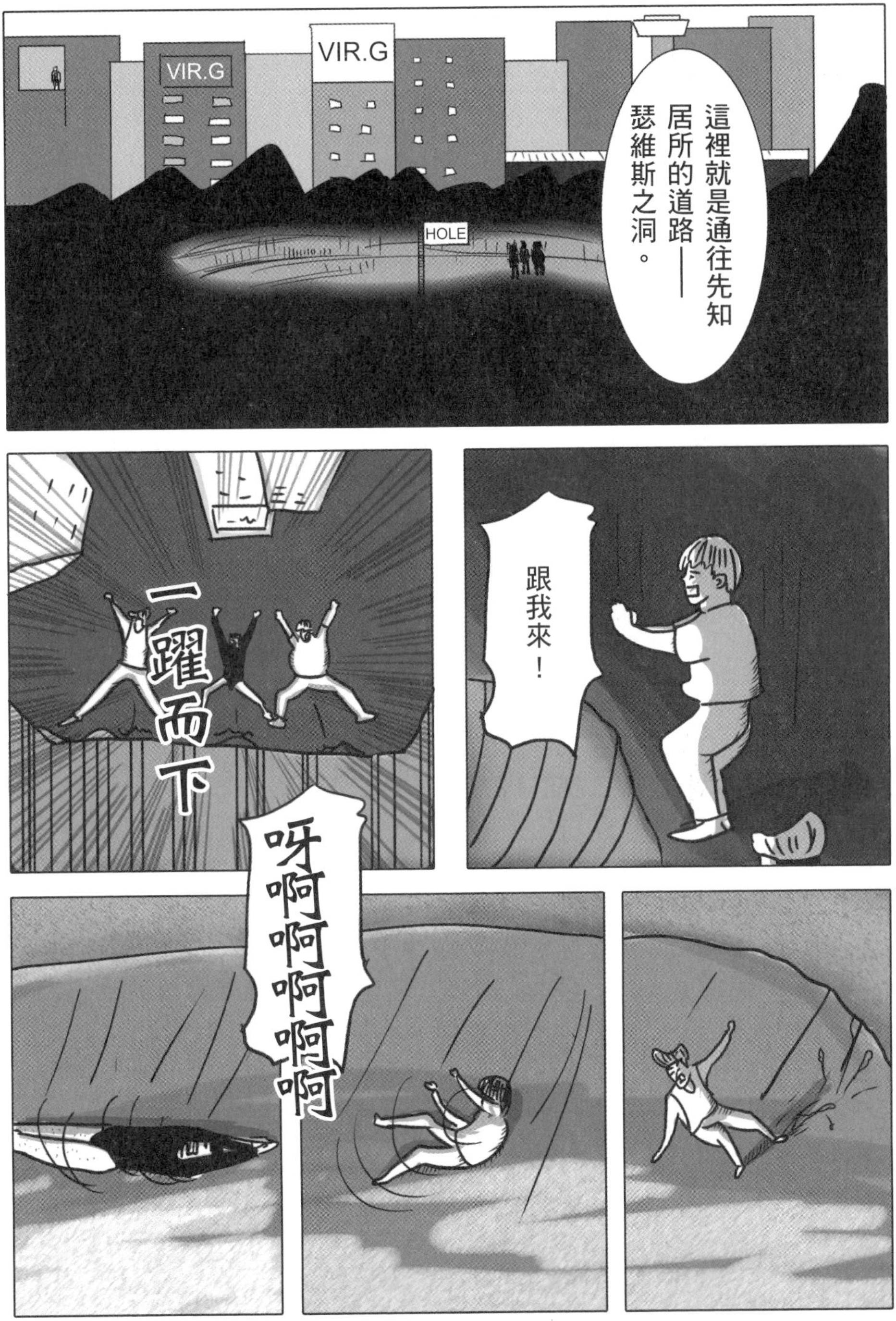
VIR.G
VIR.G
HOLE
這裡就是通往先知居所的道路——瑟維斯之洞。
跟我來！
一躍而下
呀啊啊啊啊啊

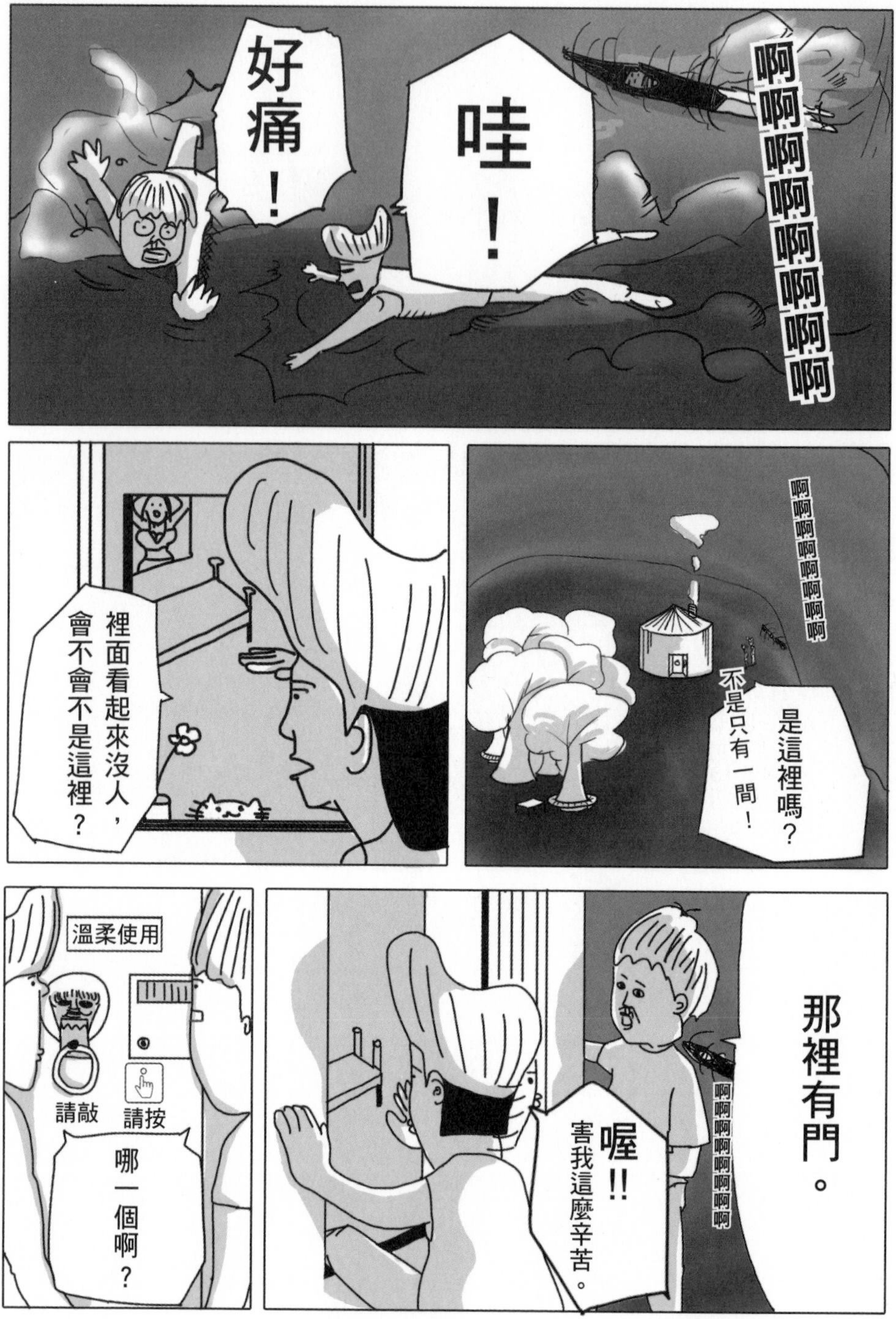
啊啊啊啊啊啊啊啊啊
哇！
好痛！
啊啊啊啊啊啊啊啊
是這裡嗎？
不是只有一間！
裡面看起來沒人，
會不會不是這裡？
那裡有門。
啊啊啊啊啊啊啊啊啊
喔!!
害我這麼辛苦。
溫柔使用
請敲
請按
哪一個啊？

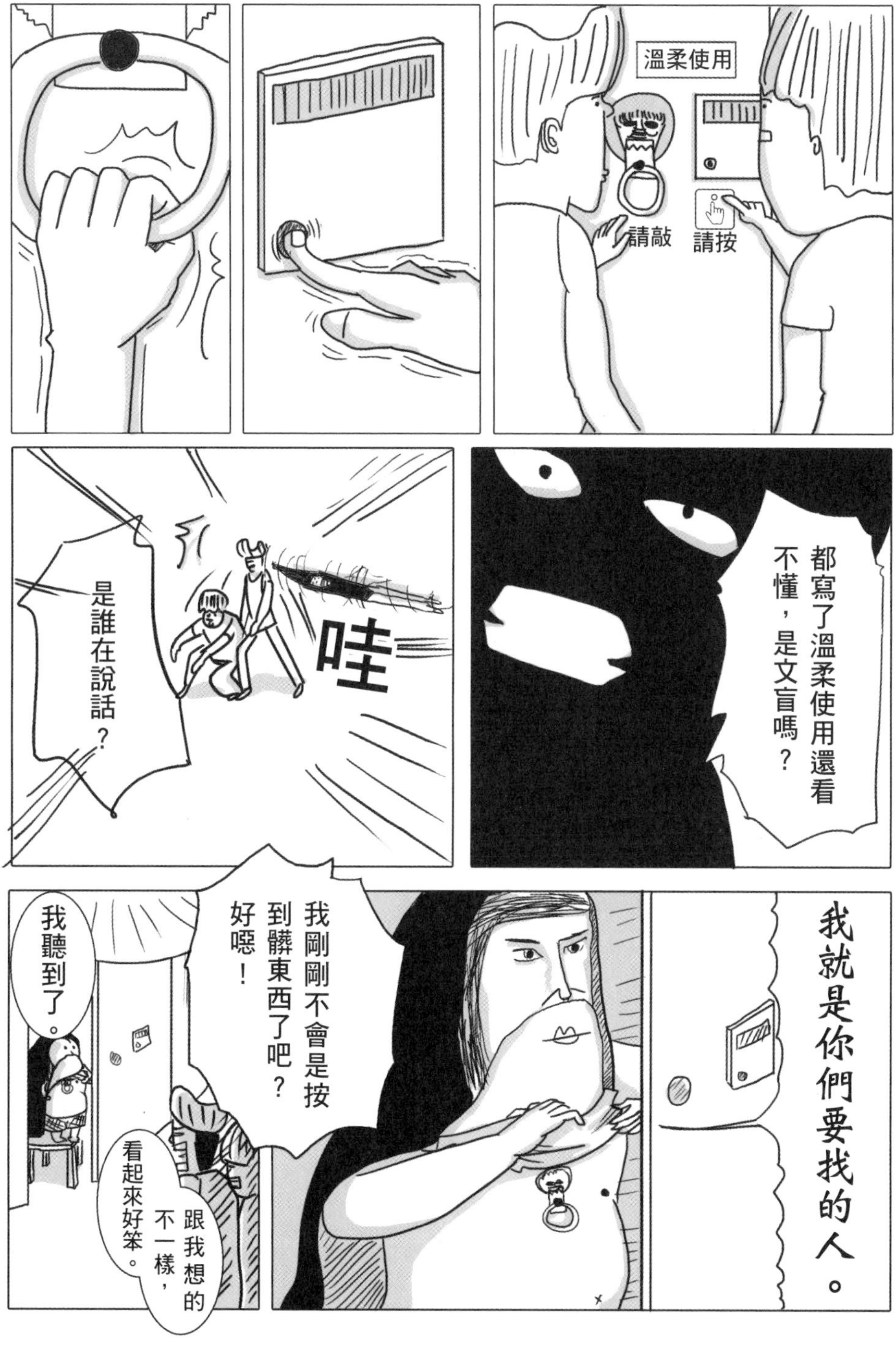
溫柔使用
請敲
請按
是誰在說話？
哇
都寫了溫柔使用還看不懂，是文盲嗎？
我聽到了。
我剛剛不會是按到髒東西了吧？好噁！
跟我想的不一樣，看起來好笨。
我就是你們要找的人。

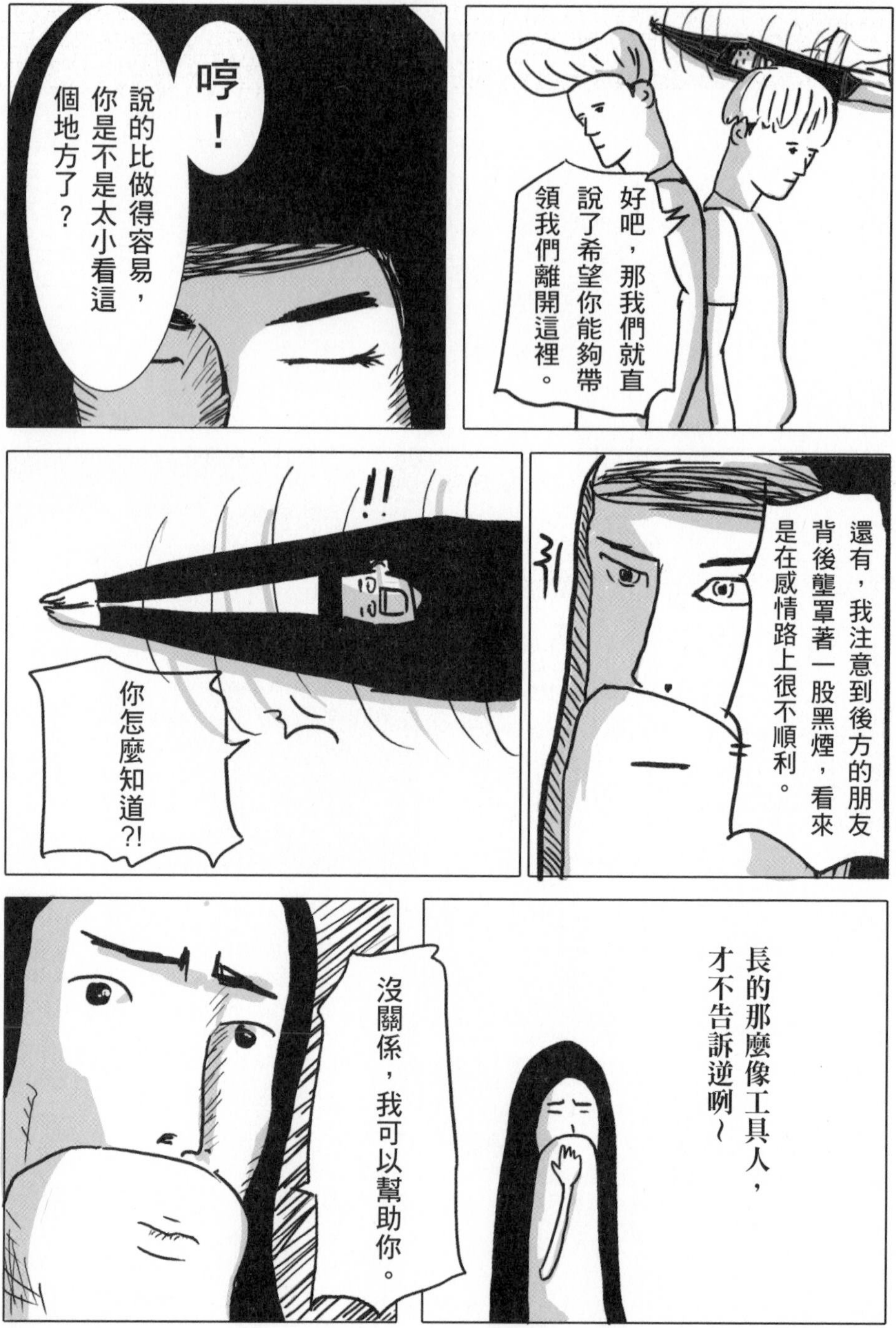
好吧，那我們就直說了希望你能夠帶領我們離開這裡。
哼！
說的比做得容易，你是不是太小看這個地方了？
還有，我注意到後方的朋友背後壟罩著一股黑煙，看來是在感情路上很不順利。
!!
你怎麼知道?!
長的那麼像工具人，才不告訴逆咧~
沒關係，我可以幫助你。

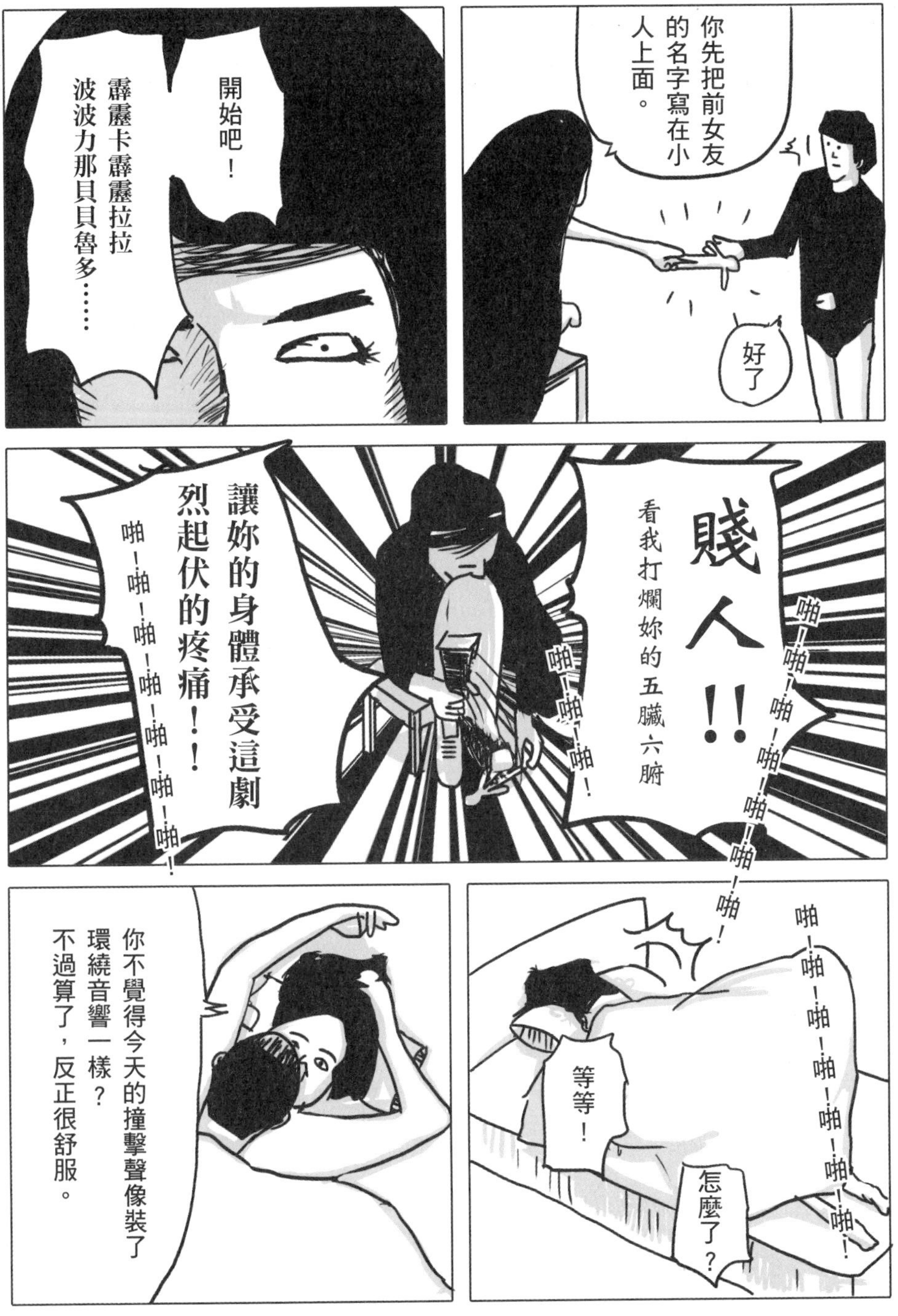
你先把前女友的名字寫在小人上面。
好了
開始吧！
霹靂卡霹靂拉拉波波力那貝貝魯多……
賤人!!
看我打爛妳的五臟六腑
啪！啪！啪！
啪！啪！啪！啪！啪！啪！啪！啪！
讓妳的身體承受這劇烈起伏的疼痛！！
啪！啪！啪！啪！啪！啪！啪！
啪！啪！啪！啪！啪！啪！啪！
等等！
怎麼了？
你不覺得今天的撞擊聲像裝了環繞音響一樣？不過算了，反正很舒服。

同一時間
灑以純淨之水洗刷惡的罪孽。
（擁抱）
我已經替你出了一口氣，今後，你再也不會有感情上的陰影，就放心地找尋你的真愛吧！
謝謝先知
走你媽啦！
那我先走了，今天的會客時間已經結束。
恭喜你，加油唷！

好吧，那我撒畢思，
其實想出去也不是不可能。
還記得每個月的紅色警戒吧？
要想出去，就得好好利用這個時機。
不過，這個月的紅色警戒已經結束，想要早點出去就得另外找到維珍娜村的G Forbidden Area。
那裡可以手動製造紅色危機，不過因為非常危險，所以還沒有人真正嘗試過。
先知，我們需要你的幫助。
才不要，人家要準時收看男女啾啾隊～

走吧!!
往未知的旅途前進
未完待續

不解釋小劇場

ANDY

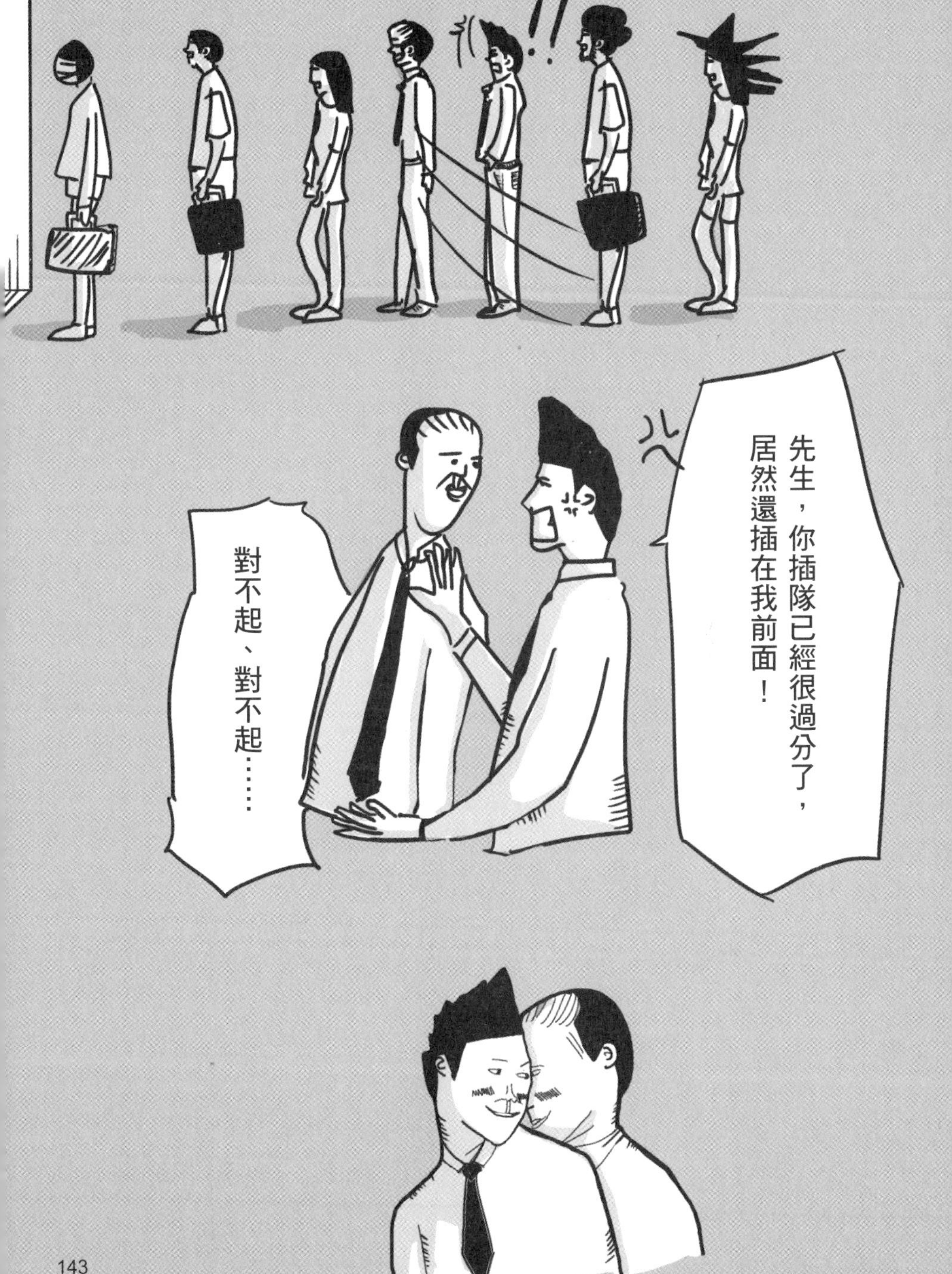
先生，你插隊已經很過分了，居然還插在我前面！
對不起、對不起……

不解釋小劇場

童年

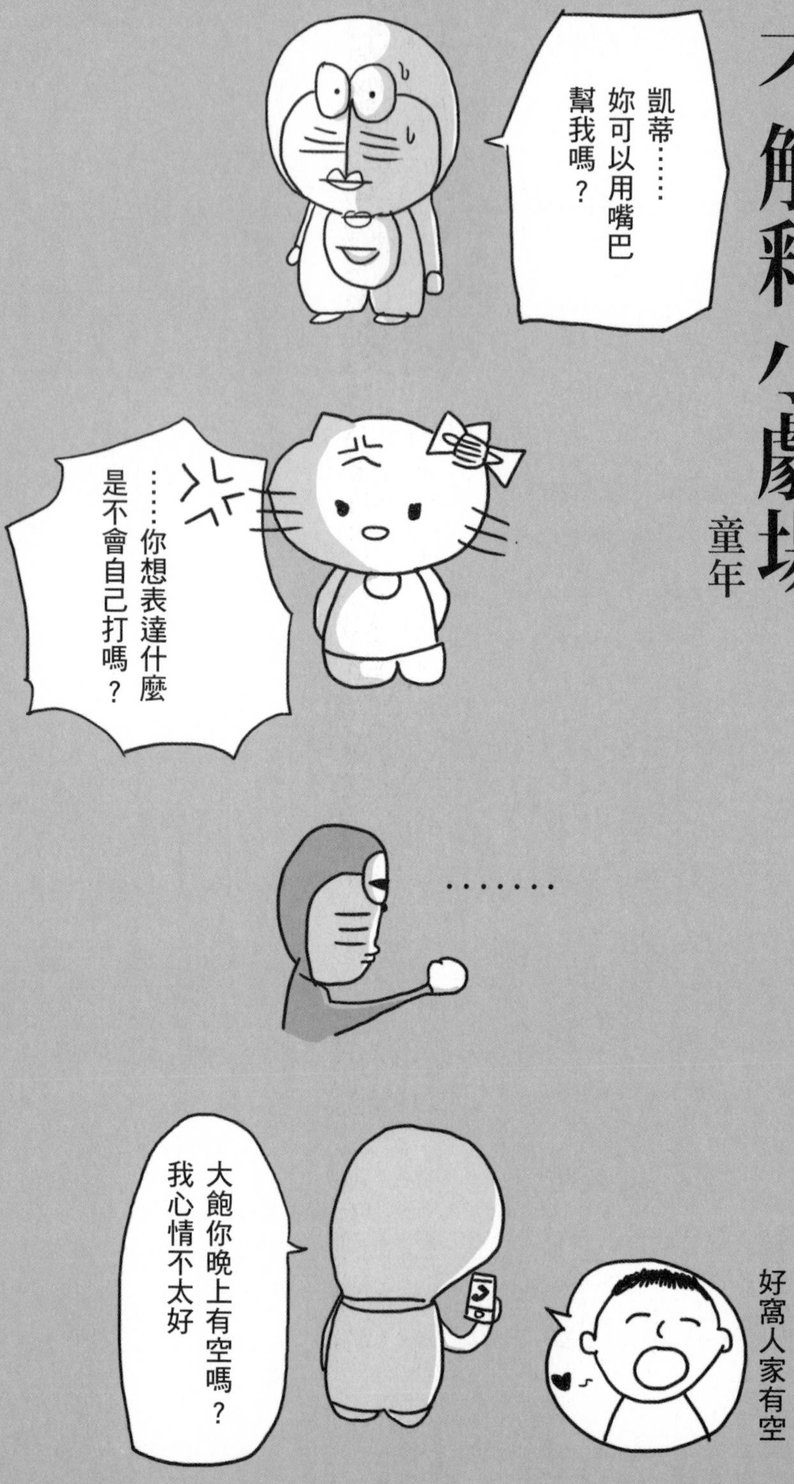

凱蒂……
妳可以用嘴巴
幫我嗎？
……你想表達什麼
是不會自己打嗎？
……
大飽你晚上有空嗎？
我心情不太好
好窩人家有空

B.C BANK
又叫我來跑腿，不是說了不在我的工作範圍嗎？
等艾德回來我一定要凹他一頓！
!!
搶劫！全都不准動!!

拜託不要殺我！
老大，又是那個人！之前把我們整得好慘！
老虎不發威，還真當我是病貓！
看我的厲害
接住!!
!!

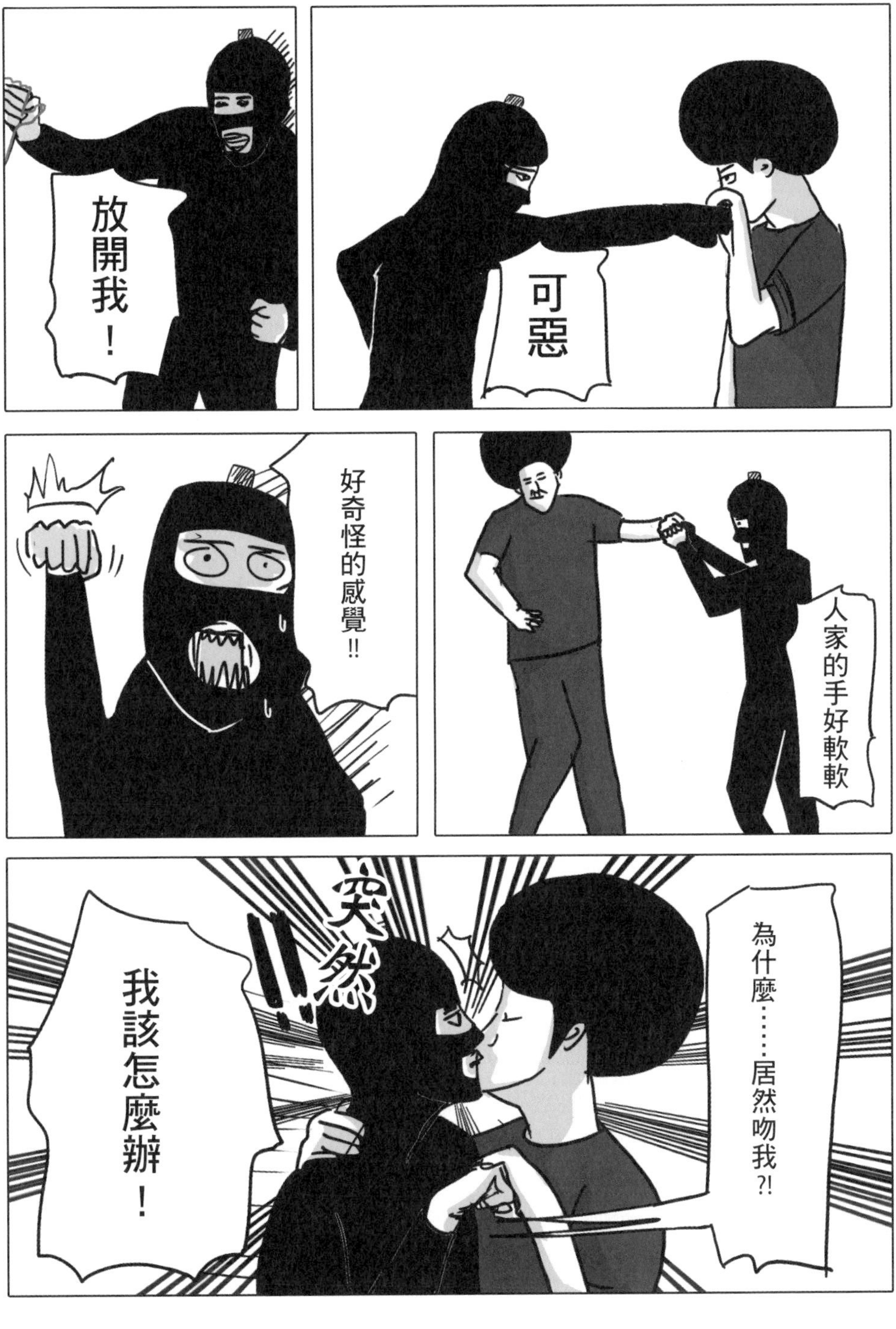
放開我！
可惡
好奇怪的感覺!!
人家的手好軟軟
突然
!!
我該怎麼辦！
為什麼……居然吻我?!

大哥，三弟突然昏倒了?!
你是在幹嘛！
昏倒的時候要趕緊做CPR否則會有生命危險！
CPR？
可是我沒有證照。
喂!!
你就幫他做胸腔按壓再打119啊!!
你又想騙我嗎？我可沒有這麼簡單就上當！
現在情況很危急，想救你三弟就照我的話做。

老二，你就聽他的吧！我們不能對三弟見死不救。
大哥……
可是我的費率是在地優惠方案，跨縣市會被加錢錢。
每間電信的費率不同吧？
中滑就很貴啊！
……
總之先幫他CPR吧
我們可以幫什麼忙？
先幫忙脫掉衣服。

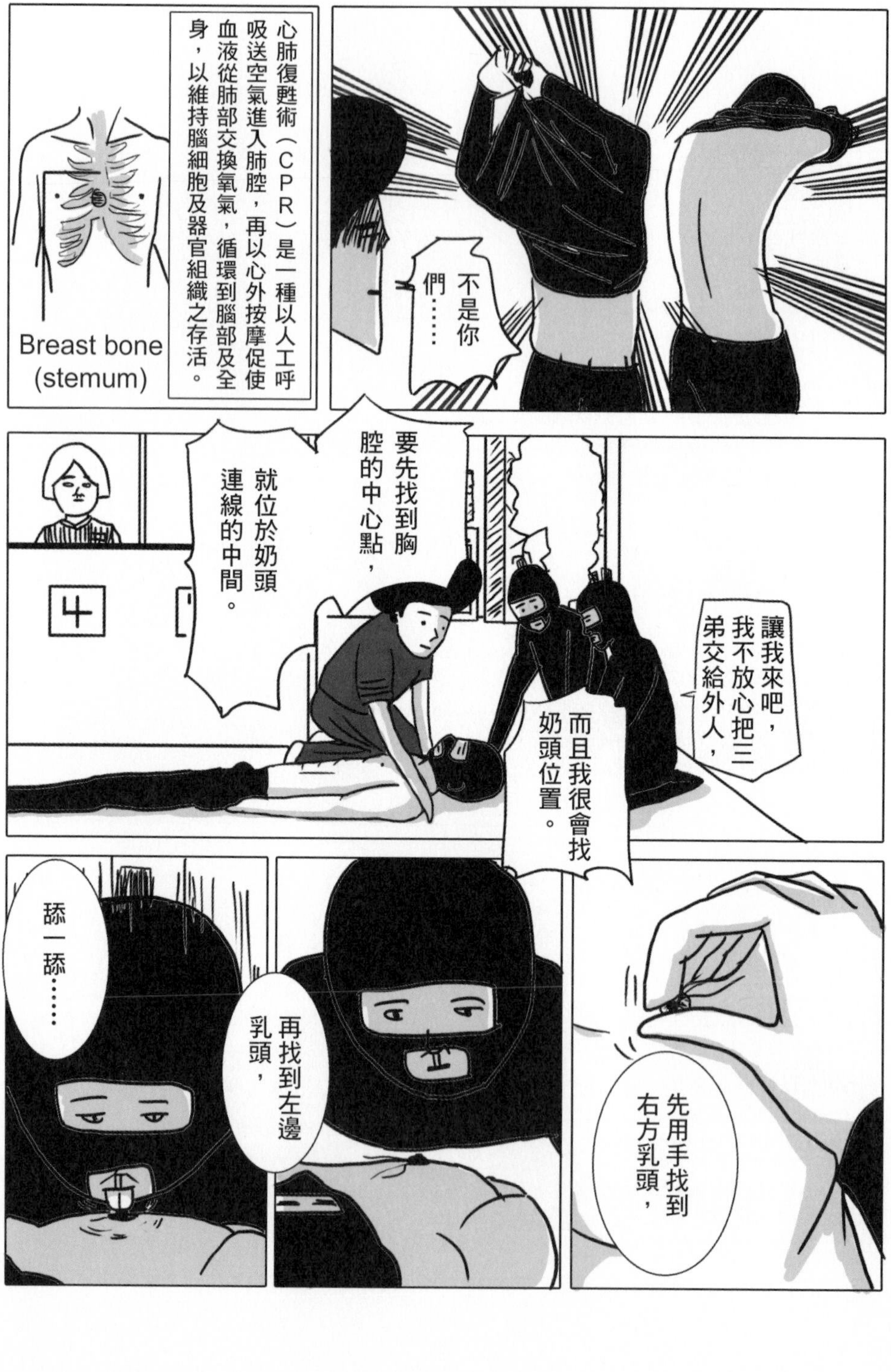

不是你們……
心肺復甦術（CPR）是一種以人工呼吸送空氣進入肺腔，再以心外按摩促使血液從肺部交換氧氣，循環到腦部及全身，以維持腦細胞及器官組織之存活。
Breast bone
(stemum)
讓我來吧，我不放心把三弟交給外人，
而且我很會找奶頭位置。
要先找到胸腔的中心點，
就位於奶頭連線的中間。
先用手找到右方乳頭，
再找到左邊乳頭，
舔一舔……

為什麼要兇兇我，人家只是照著SOD流程。
乖
好像有點鹹。
沒人叫你評論！
算了，我自己來你先幫忙維持他的呼吸道暢通。
不行，無法打開三弟的嘴巴。
用力扳開試試
不行！我怕會有反效果！
糟糕！
這樣下去會有生命危險！

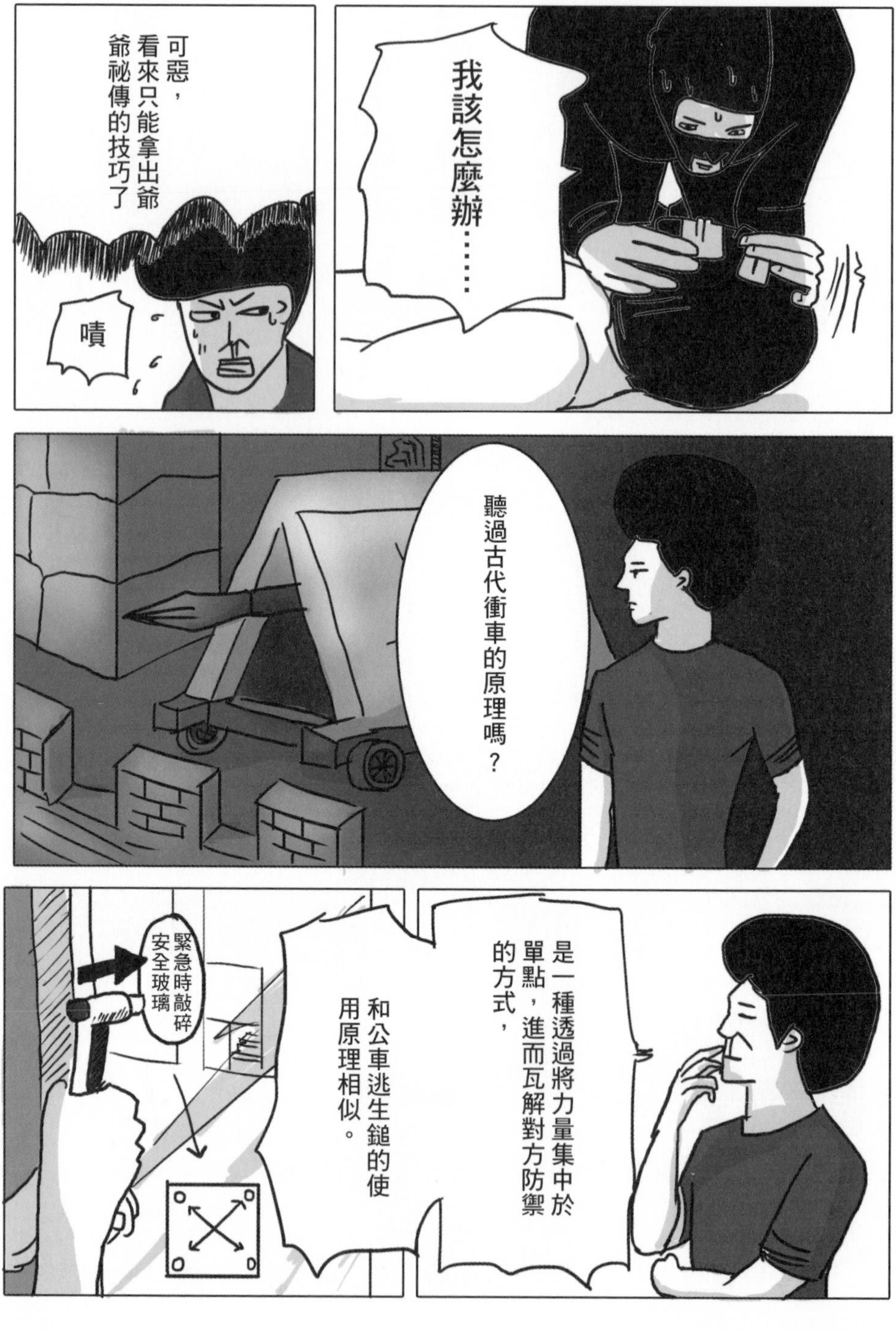
我該怎麼辦……
可惡，看來只能拿出爺爺祕傳的技巧了
嘖
聽過古代衝車的原理嗎？
是一種透過將力量集中於單點，進而瓦解對方防禦的方式，
和公車逃生鎚的使用原理相似。
緊急時敲碎安全玻璃

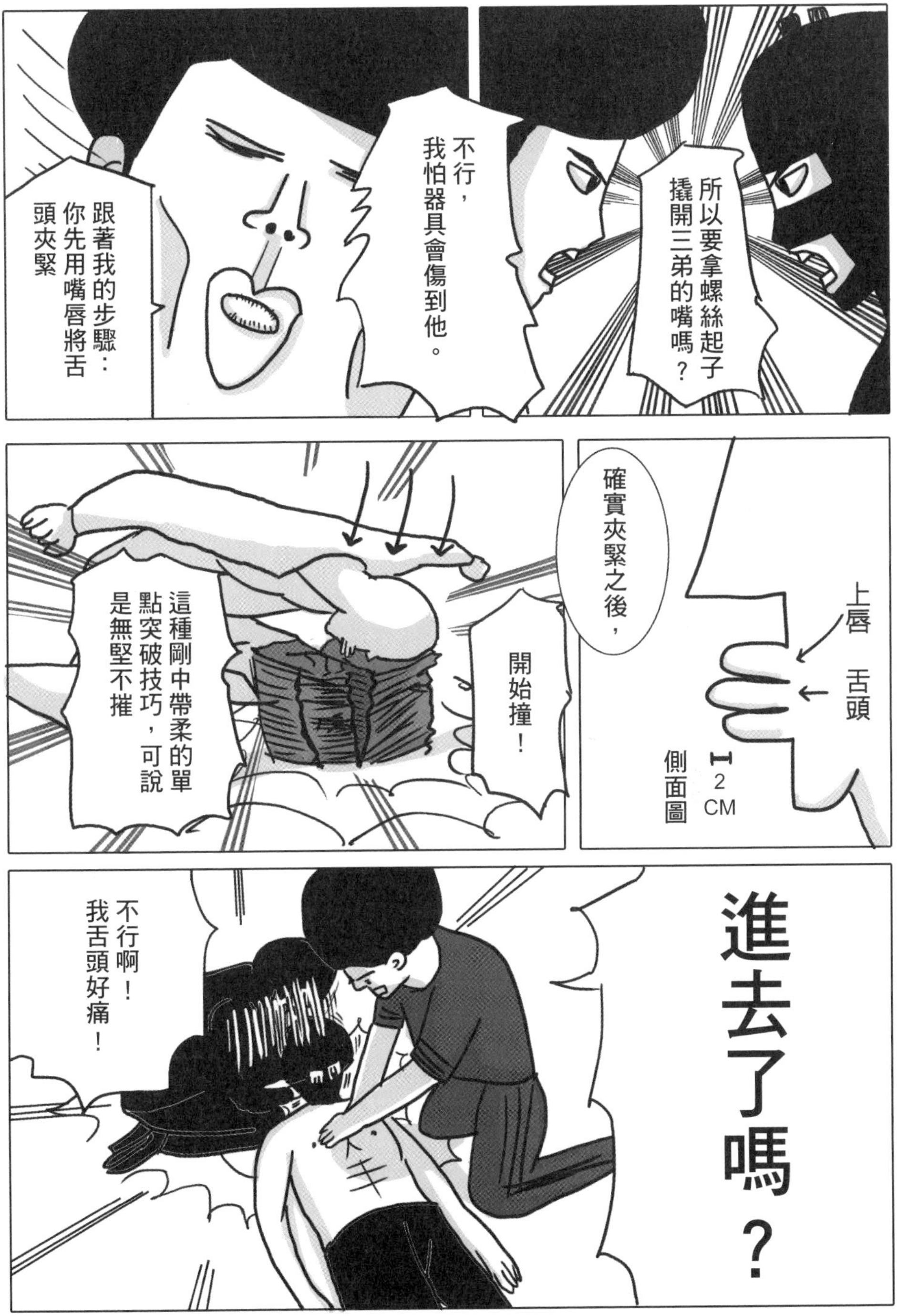
所以要拿螺絲起子撬開三弟的嘴嗎？
不行，我怕器具會傷到他。
跟著我的步驟：你先用嘴唇將舌頭夾緊
確實夾緊之後，
上唇
舌頭
2 CM
側面圖
開始撞！
這種剛中帶柔的單點突破技巧，可說是無堅不摧
進去了嗎？
不行啊！我舌頭好痛！

這樣下去不行，看來只能改用間歇性的雙點突破了！
雙點突破？
沒錯，
且聽我緩緩道來。
室內禁菸，這是筆。
這招原本是用來強化軍隊突破力度的戰術，後來逐漸演變成居民製作甜點的一種方式。
你先！
撞
換我！
撞
有節奏的喊出來！
一！二！一！二！
撞
撞

看來是沒救了，
我很遺憾
三弟對不起，哥哥沒有盡到照顧你的義務……
當初說好搶遍世界以後，就要一起回家鄉開英文補習班，現在卻無法實現了。
我真的好想救你
發生什麼事？
眼淚的力量
靠腰，怎麼可能！

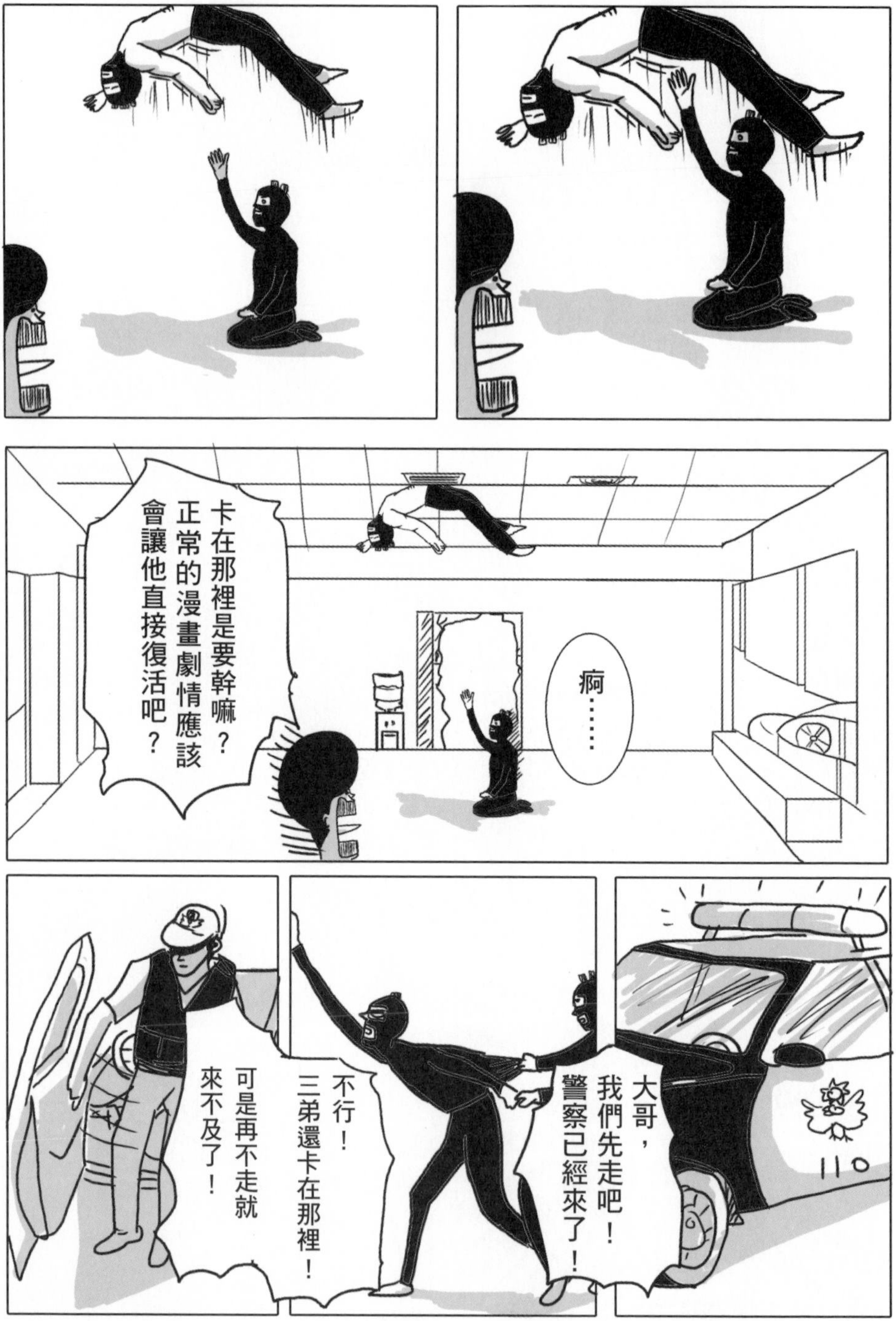
卡在那裡是要幹嘛？正常的漫畫劇情應該會讓他直接復活吧？
痾……
大哥，我們先走吧！警察已經來了！
110
不行！三弟還卡在那裡！
可是再不走就來不及了！

快點啊，大哥！
不要！！
我絕對不會把三弟丟在這裡！
我們……真的要破壞如此真摯的兄弟情誼嗎？
曾幾何時～我們變得習慣冷漠
你們……
我們也一起幫忙！

警察!!
你們已經被包圍了，快點放下武器投降！

……下次不要浪費我們資源
不好意思警察先生？剛剛是我們行員誤觸警報。
其實先前因為量化寬鬆（ＯＥ），目的是讓央行持續挹注資金到金融體系，以維持利率在極低的水準，所以建議在美金的部分……
關於這一檔基金……
1
2
未完待續

不解釋小劇場

ANDY

不解釋小劇場

ANDY

維珍娜村
什麼東西都沒有啊！
明明就霧茫茫的。
就是這裡。
G point area是無法用肉眼看見的。
必須用手去感受。
可是，這麼大的地方要何時才能找到？
你得用心

我好像有一點感覺了是不是凸凸的？
不是那裡啦！
算了，你們還是照自己的方式去找吧！
不過切記，觸碰到 G point area 時，時空可能會扭轉、大地也可能會崩裂，凡事千萬小心！
那就各自出發吧！各位夥伴~讓我們像是忍者般快速散開！
好！！
好！！

白癡，我要是忍者還會困在這裡
緩慢站立
我去找左邊
那我去看右邊
緩慢站立
那先知你呢？
我用google map找就好，我有定位
對不起。
看來就是那裡了。
42,860個
打卡次數
雖然打卡次數很多，但大家還是不要降低戒心，
對一部冒險漫畫來說，這一切簡單得令人難以置信。

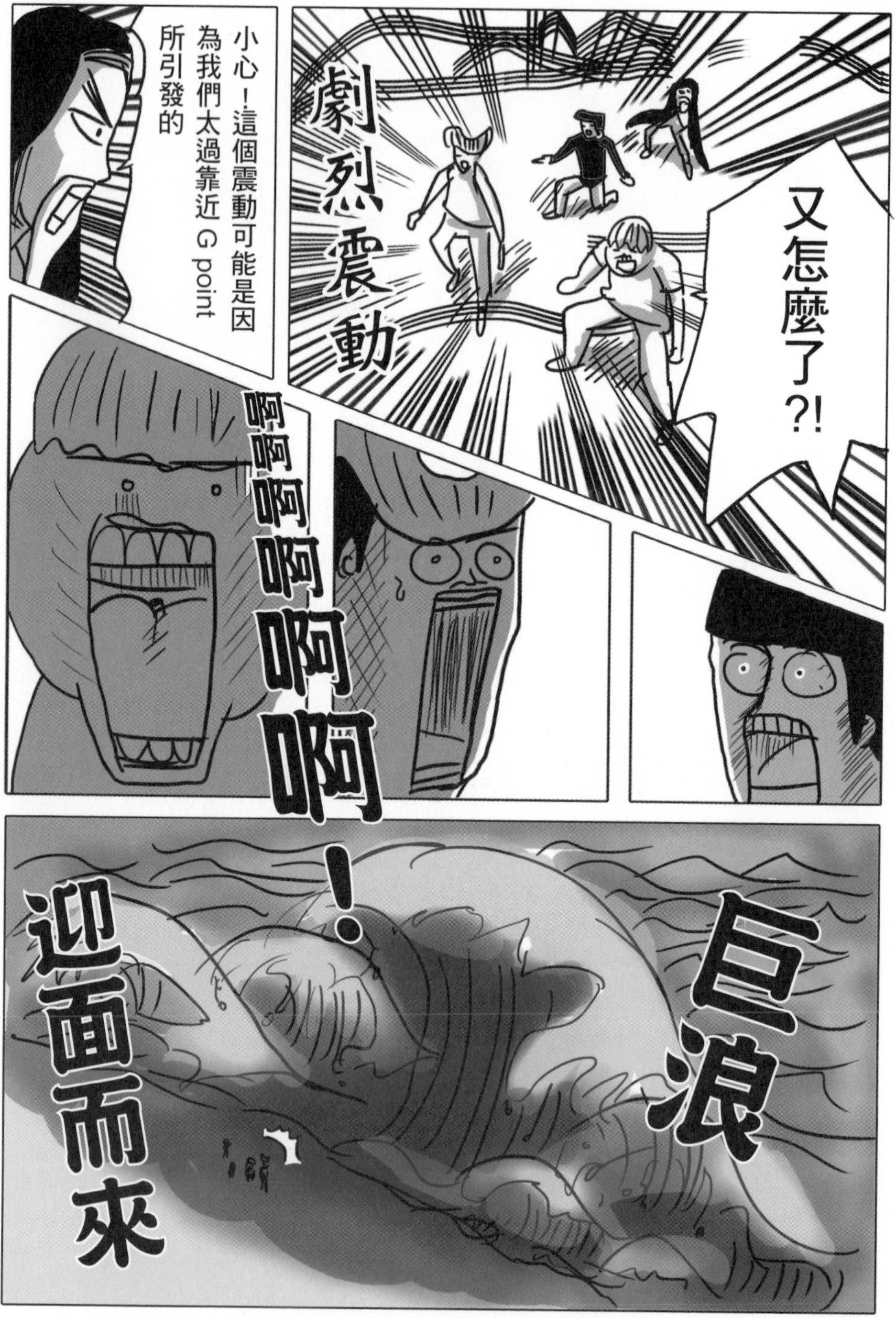
又怎麼了?!
劇烈震動
小心！這個震動可能是因為我們太過靠近 G point 所引發的
啊啊啊啊啊啊啊！
巨浪迎面而來

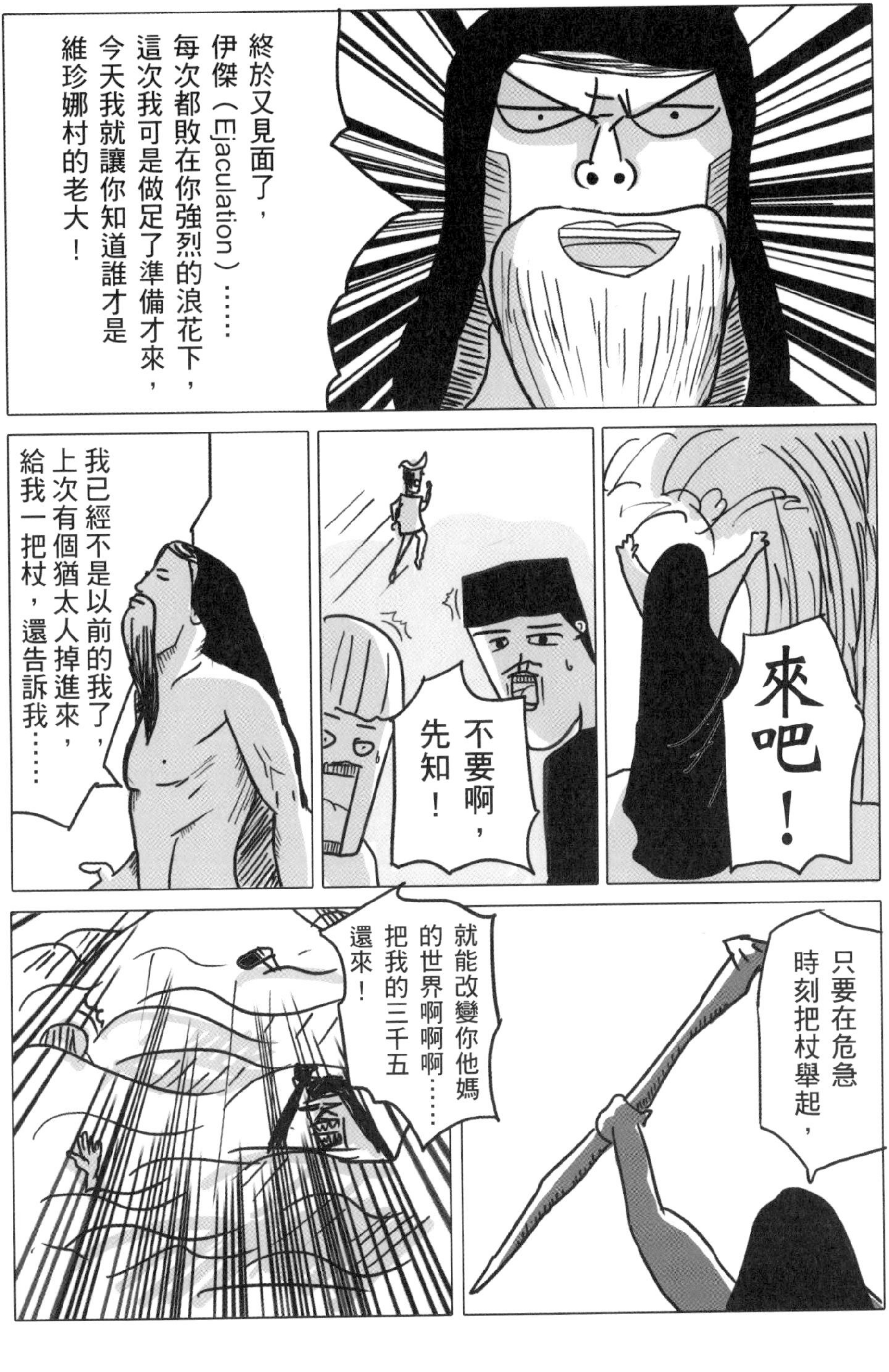
終於又見面了，
伊傑（Ejaculation）……
每次都敗在你強烈的浪花下，
這次我可是做足了準備才來，
今天我就讓你知道誰才是
維珍娜村的老大！
來吧！
不要啊，先知！
我已經不是以前的我了，上次有個猶太人掉進來，給我一把杖，還告訴我……
只要在危急時刻把杖舉起，
就能改變你他媽的世界啊啊啊……把我的三千五還來！

慘了，
我只能憋氣五秒，
唔唔！
龐然大物出現！
你……
先知，這次換
我來幫助你！
我們被
水流往
上捲了
大家撐住，
這就是通往出
口的關鍵！
好難受!!

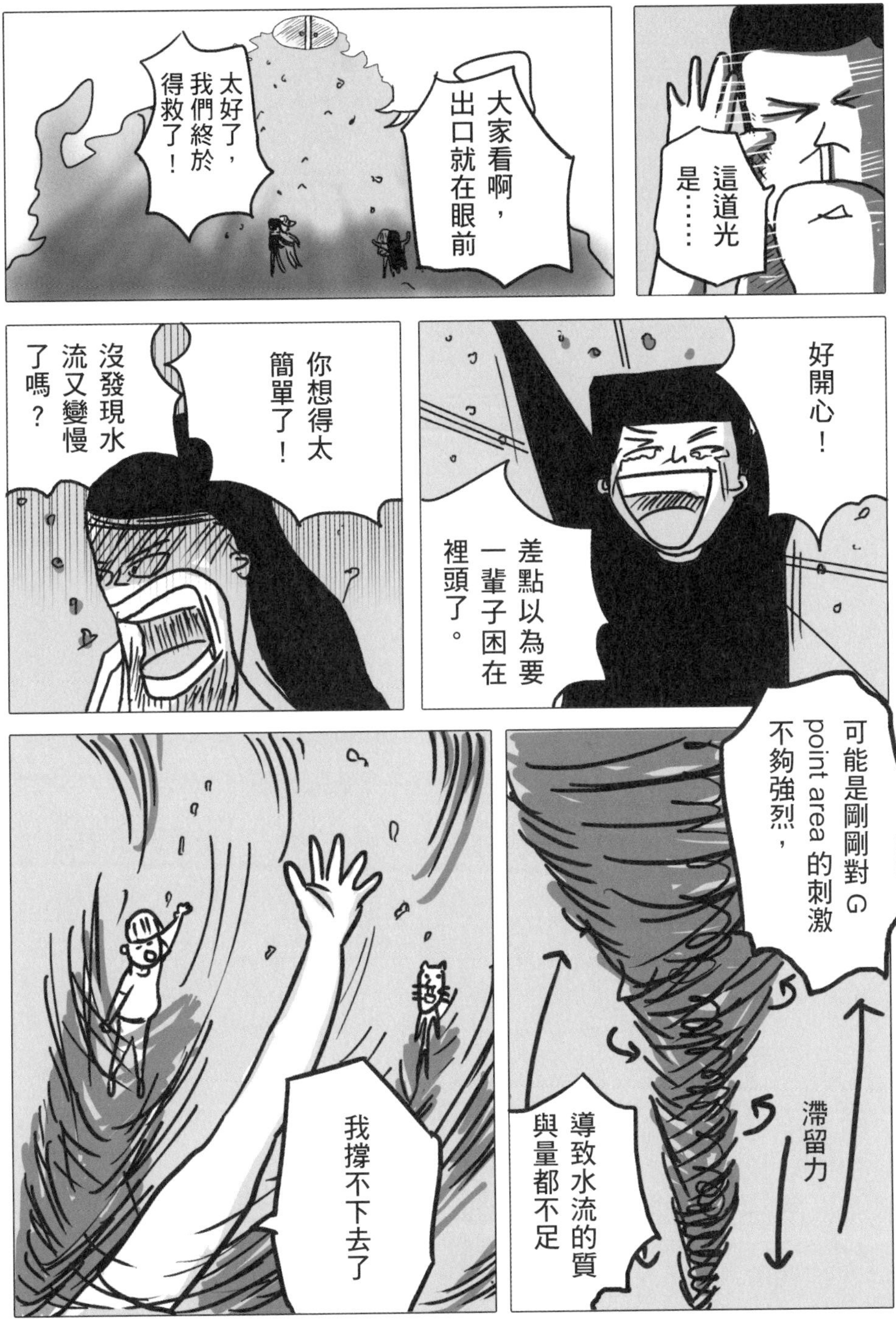
這道光是……
大家看啊，出口就在眼前
太好了，我們終於得救了！
好開心！
差點以為要一輩子困在裡頭了。
你想得太簡單了！
沒發現水流又變慢了嗎？
可能是剛剛對 G point area 的刺激不夠強烈，
滯留力
導致水流的質與量都不足
我撐不下去了

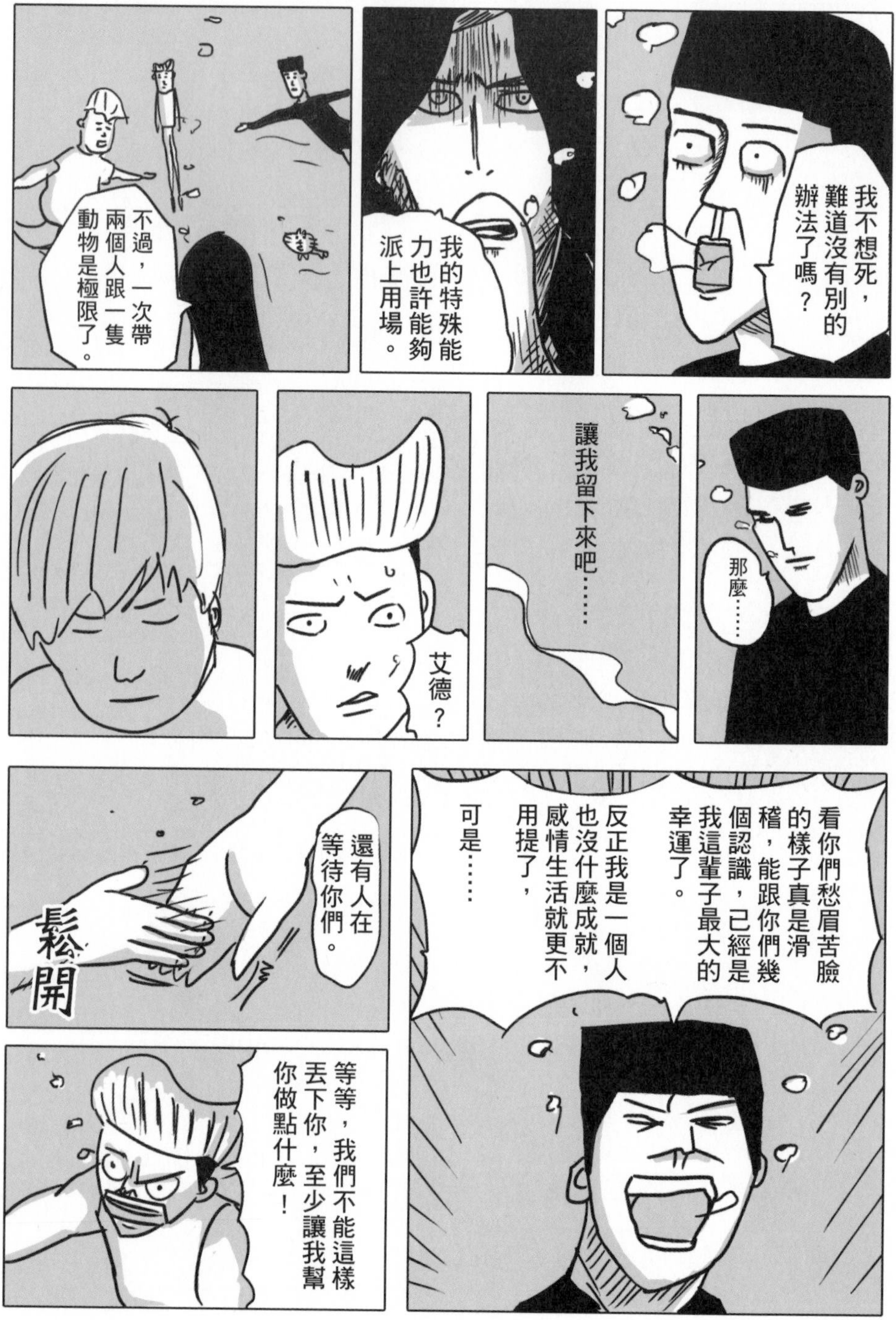
我不想死，難道沒有別的辦法了嗎？
我的特殊能力也許能夠派上用場。
不過，一次帶兩個人跟一隻動物是極限了。
那麼……
讓我留下來吧……
艾德？
看你們愁眉苦臉的樣子真是滑稽，能跟你們幾個認識，已經是我這輩子最大的幸運了。
反正我是一個人也沒什麼成就，感情生活就更不用提了，
可是……
還有人在等待你們。
鬆開
等等，我們不能這樣丟下你，至少讓我幫你做點什麼！

那麼，就幫我把這份文件交給一個叫作布雷克先生的外國人吧！
（防水）
我的人生已經無憾了，只希望在最後的時刻把該完成的工作結束。
艾德
永別了大家，要記得我喔！
走吧，就要來不及了
艾德，我一定會回來救你！
快點，大家抓緊我！

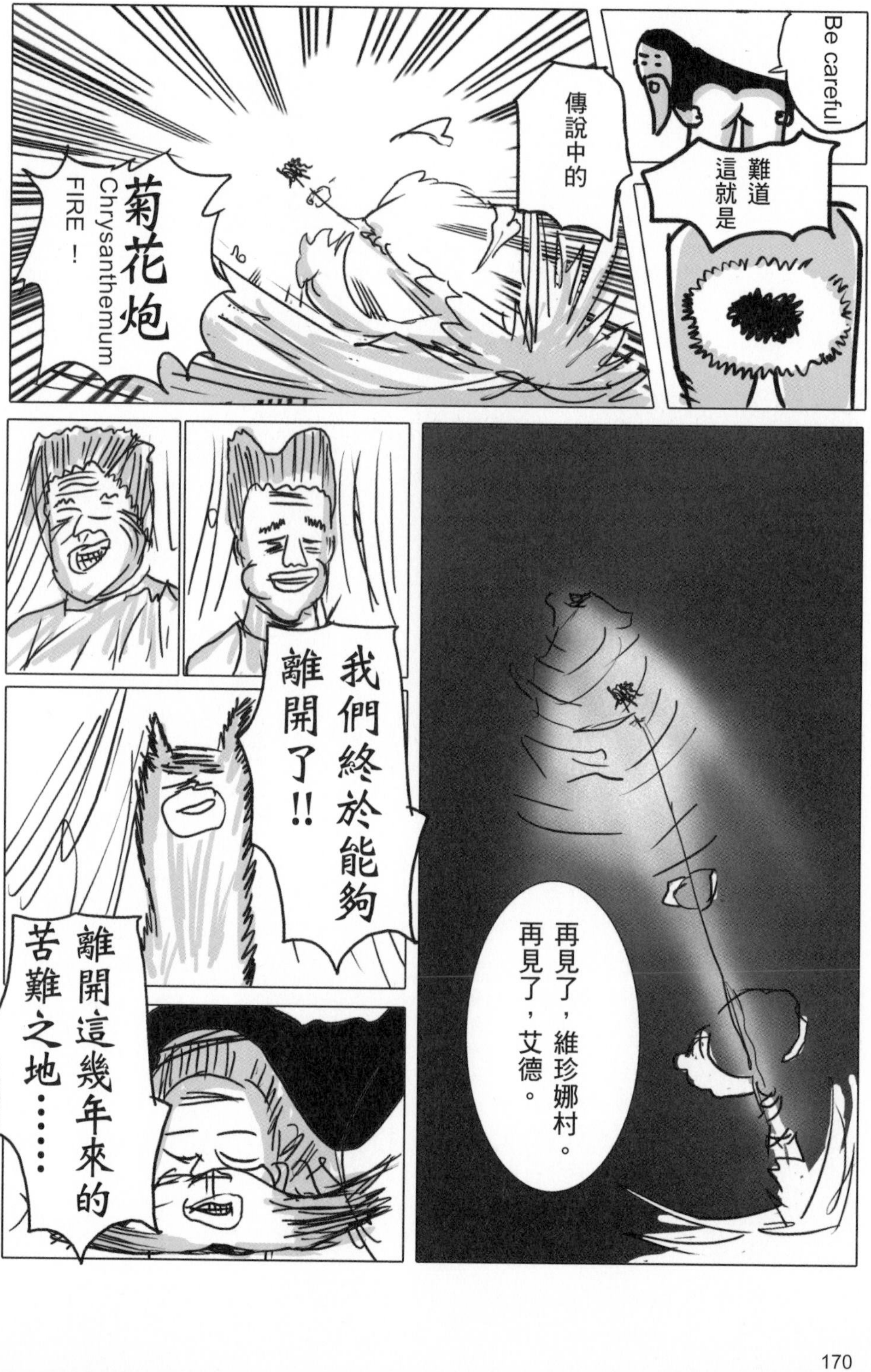
Be careful
難道這就是
傳說中的
菊花炮
Chrysanthemum FIRE！
再見了，維珍娜村。
再見了，艾德。
我們終於能夠離開了!!
離開這幾年來的苦難之地……

Who are you?（尼綿是誰？）
Honey!Help!（蜂蜜！救命）
怎麼了!?
人家剛剛覺得癢癢der，他們三個就突然出現在這裡！
布雷克救我
你就是布雷克先生？
……我們認識嗎？
哈哈哈……居然這麼輕易就找到了。

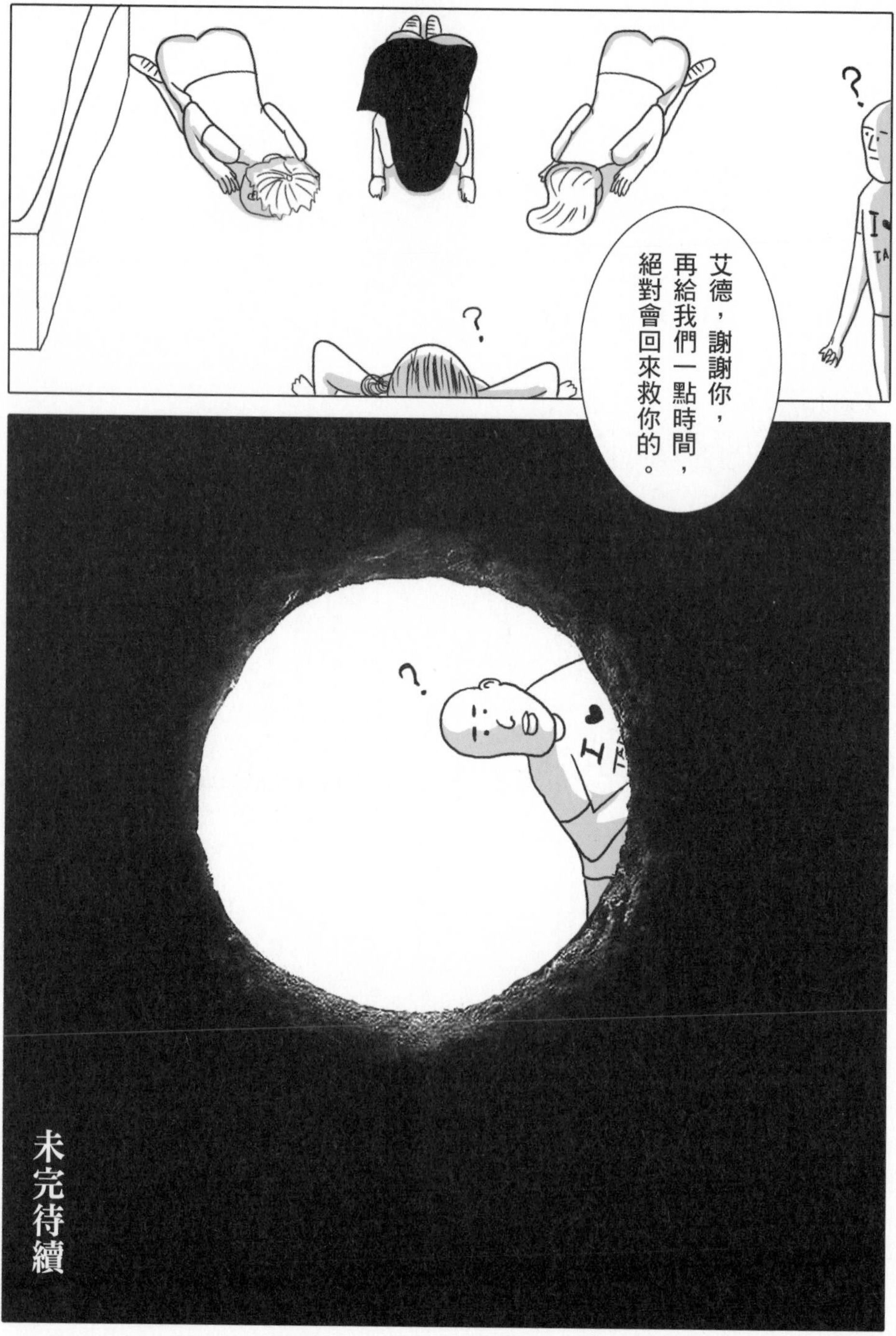
艾德，謝謝你，再給我們一點時間，絕對會回來救你的。
未完待續

不解釋小劇場

止血篇

不解釋小劇場

ANDY

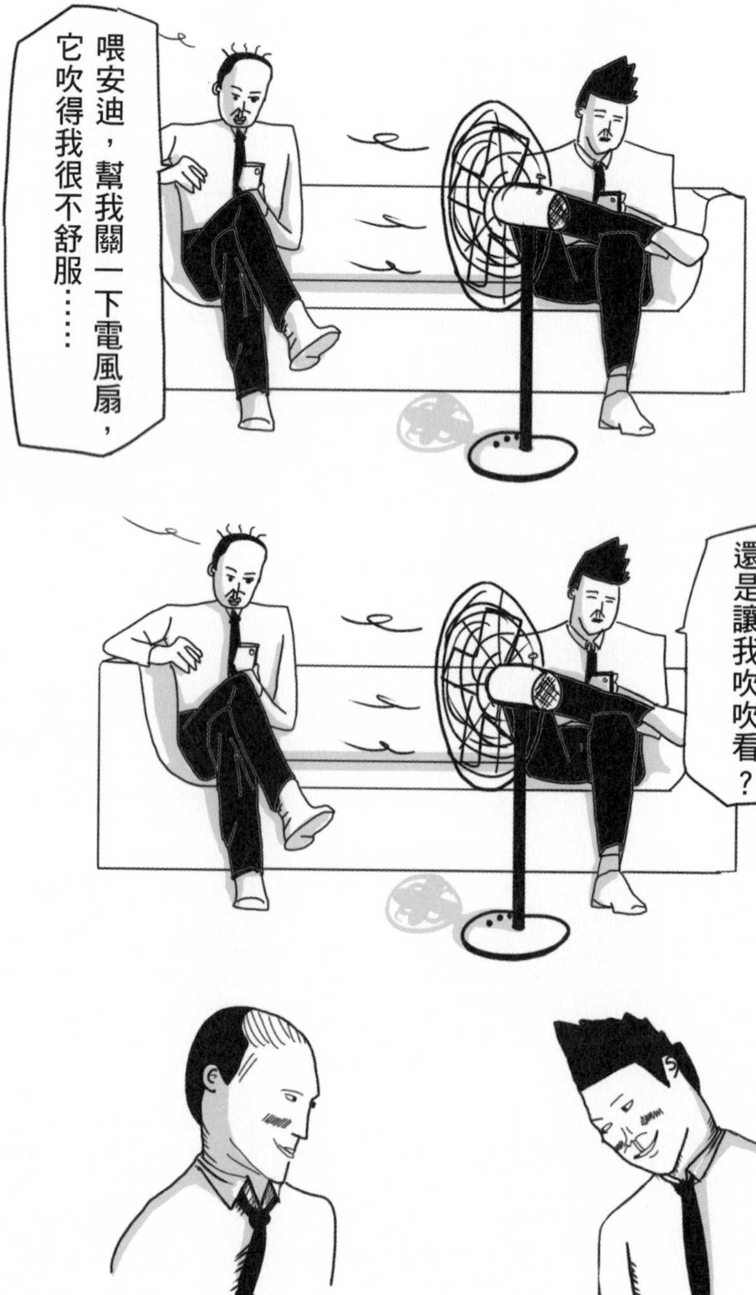
喂安迪，幫我關一下電風扇，
它吹得我很不舒服……
還是讓我吹吹看？

結語須知

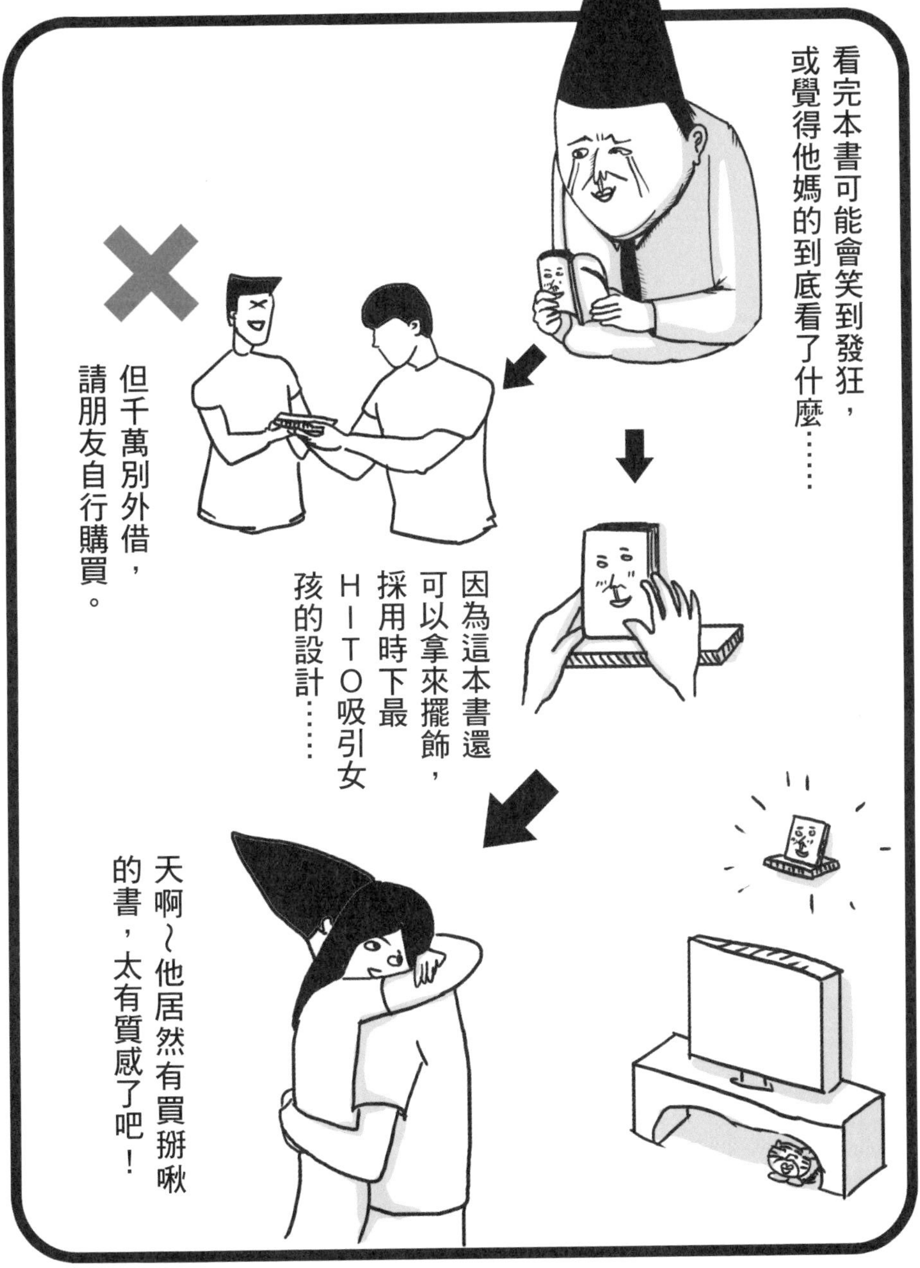
看完本書可能會笑到發狂，
或覺得他媽的到底看了什麼……
但千萬別外借，
請朋友自行購買。
因為這本書還
可以拿來擺飾，
採用時下最
HITO吸引女
孩的設計……
天啊～他居然有買掰啾
的書，太有質感了吧！

FUN系列 005

不解釋

作　者—掰掰啾啾
主　編—陳信宏
責任編輯—尹蘊雯
責任企畫—曾睦涵
美術協力—我我設計工作室 wowo.design@gmail.com
總 編 輯—李采洪
發 行 人—趙政岷
出 版 者—時報文化出版企業股份有限公司
一〇八〇三　臺北市和平西路三段二四〇號三樓
發行專線：（〇二）二三〇六六八四二
讀者服務專線：（〇八〇〇）二三一七〇五・（〇二）二三〇四七一〇三
讀者服務傳真：（〇二）二三〇四六八五八
郵撥：一九三四四七二四　時報文化出版公司
信箱：臺北郵政七九～九九信箱
時報悅讀網—http://www.readingtimes.com.tw
電子郵件信箱—newlife@readingtimes.com.tw
時報出版愛讀者粉絲團—http://www.facebook.com/readingtimes.2
法律顧問—理律法律事務所　陳長文律師、李念祖律師
印　刷—華展印刷有限公司
初版一刷—二〇一四年九月十九日
初版四刷—二〇一八年一月二十五日
定　價—新台幣二七〇元
（缺頁或破損的書，請寄回更換）

時報文化出版公司成立於一九七五年，
並於一九九九年股票上櫃公開發行，於二〇〇八年脫離中時集團非屬旺中，
以「尊重智慧與創意的文化事業」為信念。

不解釋/掰掰啾啾 著;
-- 初版. 一 臺北市 : 時報文化, 2014.09
面 ;　公分. -- (FUN ; 005)

ISBN 978-957-13 -6064-5(平裝)

855　　103016666

ISBN：978-957-13-6064-5
Printed in Taiwan